Guerra no Pantanal

17ª edição

Antônio de Pádua e Silva
Guerra no Pantanal

Ilustrações: Roko

Conforme a nova ortografia

Série Entre Linhas

Editor • Henrique Félix
Assistente editorial • Jacqueline F. de Barros
Preparação de texto • Lúcia Leal Ferreira
Revisão de texto • Pedro Cunha Jr. e Lilian Semenichin (coords.)/Aline Araújo/Diego da Mata/ Edilene Martins dos Santos/Marcelo Zanon
Gerente de arte • Nair de Medeiros Barbosa
Supervisor de arte • Marco Aurélio Sismotto
Diagramação • Lucimar Aparecida Guerra
Projeto gráfico de capa e miolo • Homem de Melo & Troia Design
Projdutor gráfico • Rogério Strelciuc
Suplemento de leitura e Projeto de trabalho interdisciplinar • Maria Paula Parisi Lauria
Impressão e acabamento • Log&Print Gráfica e Logística S.A.

Dados Internacionais de Catalogação na Publicação (CIP)

> Silva, Antônio de Pádua e
>   Guerra no pantanal / Antônio de Pádua e Silva ; ilustrações de Roko. — 17. ed. — São Paulo : Atual, 2009. — (Entre Linhas: Aventura)
>
>   Inclui roteiro de leitura
>   ISBN 978-85-357-0321-4
>   ISBN 978-85-357-0834-9 (professor)
>
>   1. Literatura infantojuvenil I. Roko. II. Título. III. Série.
>
>   CDD-028.5

Índices para catálogo sistemático:
   1. Literatura infantojuvenil 028.5
   2. Literatura juvenil 028.5

Copyright © Antônio de Pádua e Silva, 1991.
SARAIVA S.A. Livreiros Editores
Rua Henrique Schaumann, 270 — Pinheiros
05413-010 — São Paulo — SP
Todos os direitos reservados.

17ª edição/21ª tiragem
2022

SAC | 0800-0117875
    | De 2ª a 6ª, das 8h30 às 19h30
    | www.editorasaraiva.com.br/contato

811568.017.010

Sumário

Na cidade verde 9

Banho de música 11

Que maldade! 15

Canoa veloz 18

Bela surpresa 21

Magia pantaneira 25

O aviso da inhuma 28

Sangue no Pantanal 30

Uma conta esquisita 34

Gato selvagem 37

Mentiras? 40

Pantanais 43

Cavalgada 46

A grande explosão 48

Na escuridão 53

Um chefe muito bravo 55

Que pesadelo! 57

Fala de coureiro 60

Uma pulga 63

É guerra! 65

Lancha voadora 71

Novos caminhos 74

História para contar 76

O autor 78

Entrevista 79

Para Laura e Pedro

Na cidade verde

Tudo no lugar. As latas de graxa e tinta, a escova, o pano de lustre, a escovinha. Pé-de-Banda confere e tranca a caixa de engraxate com cadeado. Coloca a chave no bolso da bermuda.

— Tudo em cima! — fala baixinho. Com a caixa no braço, sai do quarto. Percorre o corredor, passa pela sala e chega à cozinha.

A mãe termina de fazer o café. Mas o menino nem quer sentar para comer. Pega um pedaço de pão e vai para a rua.

Antes de atravessar o portão, ouve o chamado da mãe:

— Pé-de-Banda, volta aqui!

Pé-de-Banda não volta. Todos os dias é sempre a mesma coisa. A mãe quer saber se a camisa está abotoada, se o zíper da bermuda está funcionando, se... e Pé-de-Banda não gosta dessas coisas. Gosta mesmo é de andar descalço por aí, pisar na terra e a poeira fazendo montinhos de barro entre os dedos.

A manhã é bem clara. Sol quente. A rua cheia de pequenas poças de chuva que caiu de madrugada.

Pulando pedaço de pau, bueiro, equilibrando o corpo sobre meio-fio de calçada, Pé-de-Banda chega na avenida.

Da esquina vê o seu companheiro, no ponto de ônibus. Um toquinho de gente, Pitoco, Pitoquinho. Está lá com a sua caixa de engraxate, a calça meio caída e a camisa mostrando a barriga.

— Eh, Pé-de-Banda! Olha o *buzu* chegando!

O ônibus surge na avenida. Em pouco tempo, freia para que os meninos subam pela porta de trás. Passam por um aperto no meio de gente grande, atravessam a roleta e encontram dois bancos de onde podem ver tudo o que acontece na cidade.

O motor do ônibus ronca de cansaço e trabalho. Pé-de-Banda olha da janela. Cachorro latindo, correndo atrás de bicicleta; gente na porta dos bares tomando cerveja; gente jogando sinuca; mulher saindo de mercearia com pacotes de pão e leite.

O motorista passa a terceira marcha. O vento atrapalha os cabelos de Pé-de-Banda, mas não o impede de ver as casas do seu bairro, a maioria em construção. As paredes sobem sem qualquer pintura. Só o vermelho brilhante dos tijolos e, nos quintais, montes e montes de areia.

É ali também que seu pai constrói a casa de sua família. O pai é caminhoneiro e sempre viaja pelas rodovias da selva amazônica, onde crescem vilas e cidades com casas de madeira.

O ônibus toma a direção do centro de Cuiabá. Uma cidade com árvores nos quintais e nas calçadas. Árvore para abrigar passarinho e espantar o calor, que é forte demais.

O ônibus tem dificuldade para chegar na praça da Prefeitura. É o sinal vermelho que não abre; são filas e filas de carros que impacientam os meninos. Eles sempre querem chegar rápido naquela praça, onde também há uma igreja e a meninada engraxa os sapatos da freguesia.

— Até que enfim! — respira aliviado Pitoco, ao se ver livre do sufoco do ônibus, agora encostado no ponto final.

Banho de música

A freguesia de Pé-de-Banda é diversa. Daquela multidão de pernas e pés, sempre aparecem botas de peão, sapato preto de juiz, botina de boiadeiro, sapato branco de bicheiro e até coturno de polícia.

É tirar o barro, lavar, passar tinta e caprichar no lustre. Trabalhão de deixar doendo as juntas das mãos.

Quando cai o movimento, a praça fica vazia. Pé-de-Banda e outros meninos vão nadar na fonte luminosa. Cabeça molhada, corpo ágil no mergulho, é brincar de brigar, empurrar os amigos e ser empurrado para dentro d'água.

Mas, nesta tarde, Pé-de-Banda e Pitoco encontram a fonte seca. Seca de poeira invadir os ladrilhos; seca de folhas se juntarem pelos cantos, se escondendo do vento.

É aí que Pitoco tem uma ideia:

— Pé-de-Banda, vamos nadar no rio?

— Pode ser, mas... mas o rio é muito grande e fundo!

Pitoco insiste:

— É fundo, mas a gente pode deixar o corpo ir pela correnteza. A água é bem leve. A gente não se cansa.

Pé-de-Banda dá um tempo, tirando as dúvidas. Existe o medo, mas existe também o desejo de aventura, que insiste até ele aceitar a proposta de Pitoco:

— Tá legal. Mas não vamos ficar lá a vida inteira...

— É só pra refrescar. Depois a gente passa na feira e come umas mangas, uns cajus...

— É uma boa, hem? Depois de nadar dá uma fome!

Depois de nadar dá fome. Antes de nadar, há fome também. Pé-de-Banda, pensando nas mangas, tem mais vontade de comer do que nadar: "Vou nadar um pouco, depois vou para a feira encher a pança".

— Vamos a pé? — pergunta Pitoco.

— Vamos a pé mesmo. É descida. Não cansa.

Os dois meninos deixam as caixas de engraxate na banca do velho Pixaim, debaixo do balcão. Vão em direção da Prainha, uma longa avenida que vai dar na beira do rio. Os meninos descem por onde há casas antigas, prédios e sobrados. Passam por posto de gasolina, lanchonete, lojas de armas e tecidos, mas falta muita coisa ainda.

Essa "muita coisa ainda" é fácil de caminhar, porque menino gosta de conversar e de se divertir. Jogam pedra para espantar gato e cachorro, pulam na frente de carro e outro pulo ainda maior enganando o motorista e a morte. Menino que bate perna.

Na praça, perto do rio, há mendigos, feira de camelôs e polícia. É cheiro de peixe, suor e cachaça.

A Feira do Porto está cheia o dia inteiro. Por isso, é bom andar pelas barracas, vendo tudo que há para vender. É isso que Pitoco e Pé-de-Banda fazem até que veem o rio.

— Vamos pular da ponte?

Pé-de-Banda esfria por dentro ao ver como é alta a ponte de

concreto. Uma pequena sombra salta lá de cima. Com receio, ele segue Pitoco para enfrentar o desafio. Pitoco vai tranquilo, assobiando, fazendo molecagem. "Não pode ser tão perigoso", pensa Pé-de-Banda.

Os dois sobem na mureta da ponte. O vento brinca com os corpos dos meninos. Pitoco não espera nada. Balança o corpo e como uma flecha cruza o espaço e desaparece no meio do rio. Segundos depois surge lá embaixo, como bicho quando sai na superfície da água. Com braçadas fortes, Pitoco vai criando caminhos.

Pé-de-Banda procura um ponto no rio, onde seu corpo possa penetrar de maneira suave. O corpo no ar é como tomar banho de música e Pé-de-Banda entra na água como se ela fosse um túnel macio. Abre os olhos e não vê quase nada. Algo indefinível se move no fundo. Um peixe? O negrinho d'água? Logo, logo Pé-de-Banda chega à superfície. O dia surge. A água leva o corpo como folha solta e perdida. Alcança Pitoco. Agora, os dois inventam brincadeiras sobre as ondas. Depois, vão para a margem.

Lá estão eles esticados na grama para descansar os músculos. Não dá para olhar o Sol, que tem um brilho intenso. Pé-de-Banda e Pitoco logo estão enxutos, com novas forças. E novamente mergulham, desafiando a correnteza do rio, abraçando as suas águas. Os corpos vão ficando pesados; é preciso voltar, outra vez, para a terra.

Ali na frente, há uma árvore com uma boa sombra. É o melhor lugar para fazer uma horinha. Pernas cruzadas. O dedão do pé em brincadeiras com o azul do céu. O vento que arrepia a pele.

— Estou com tanta preguiça que nem tenho coragem de buscar alguma coisa para comer.

— A minha preguiça é maior que a sua, Pé-de-Banda!

— Mas vê se cria coragem e vai até a feira comprar umas mangas pra gente comer...

— Como você é folgado, hem! Eu não vou, não. Na volta, a gente passa na feira.

— Tudo bem.

Pé-de-Banda olha as nuvens. Embaixo, há o verde selvagem das árvores. O rio desce tranquilo na sua jornada sem fim.

Pitoco se cansa de descansar. Cata pedrinhas e joga, sem nenhuma pontaria. Sobe num manduvi e tem vontade de voar. Como seria interessante voar que nem tico-tico, que nem curicaca! Não voa, mas seus olhos encontram uma canoa abandonada, na mesma margem, a alguns metros dali.

— Pé-de-Banda, achei uma canoa! Vamos ver se tem alguma coisa lá dentro?

Pitoco insiste para que Pé-de-Banda saiba de sua descoberta. Ele se levanta meio molenga e sonolento. Mas, rapidinho, os dois estão subindo na canoa. No seu interior, nada mais que um pedaço de corda, um pequeno remo quebrado, duas latas enferrujadas. Mas ficar balançando sobre as ondas, na canoa, é até relaxante. E tão interessante que os meninos brincam, ali, de pirata e outras guerras; até que vem aquela moleza, aquela preguiça, boca aberta de sono e os dois não demoram muito para dormir.

Que maldade!

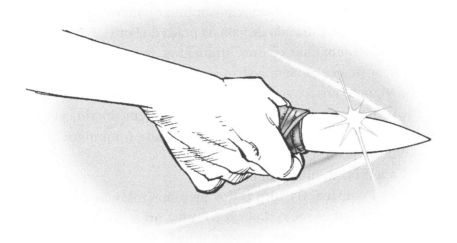

Na praça do Porto, Tramela e Piçarra, moleques de rua, se encontram para um acerto de contas. Não é questão de dinheiro, não é bola roubada, nem desforra de briga. É implicância mesmo.

Piçarra não vai com a cara de Tramela. Tramela não cheira o focinho de Piçarra. Piçarra tem birra de Tramela, do jeito como ele anda, de como gosta de botar banca. Piçarra não aceita o riso zombeteiro de Tramela e não tolera a pose dele nas peladas de futebol.

Tramela também só vê defeito em Piçarra. Acha que ele é otário, e metido a bom de boca. Piçarra estufa o peito que nem galo de briga e isso é demais para Tramela.

Ali, na feira, os dois se estranham. Piçarra encosta em Tramela. Tramela não aceita e empurra Piçarra. E vão trocando desaforo, xingando a mãe, arrastando asa e então se forma uma roda de meninos.

A meninada incentiva o pega pra valer. Tulipa manda um cuspir no pé do outro. Jacaré abre a boca e diz que ninguém é de nada.

— Enfia a mão nele, Piçarra!
— Enche a boca dele, Tramela!
Mas os dois resolvem não dar espetáculo para uma plateia mixuruca como aquela. Decidem caminhar para os lados do rio. A molecada vaia. Estrondo de vaia na praça do Porto. A meninada pensa em acompanhar os dois briguentos, mas desiste. Eles seguem sem pescoção, sem murro, sem xingamento. Os olhos é que se vigiam, ariscos e penetrantes como facas afiadas.

Piçarra e Tramela caminham pela margem do rio, pegam trilhas, acham uma clareira. Piçarra desacata o inimigo:
— Vou te acertar, lombriguento!
— Cala a boca, bunda-mole!

A briga começa. Os corpos dos meninos rolando na poeira, no meio das folhas secas do chão. É uma briga surda, pois eles aguentam os sopapos sem gritos, para não dizer que estão apanhando.

— Vou te matar, fedazunha! — Tramela arrasa a cara de Piçarra com um murro certeiro.

Mesmo estatelado no chão, Piçarra tira uma faquinha do bolso e avança em direção do adversário:
— Eu é que vou te matar, cachorro!

Tramela treme nas bases. Sem ação. A faquinha tem o brilho da morte. É Tramela morrendo de medo:
— Pelo amor de Deus, pelo amor de Deus...

O menino sai correndo, enquanto Piçarra mostra uma cara maldosa, maldosa de vitória. Volta à feira para relatar que faca tem mais valor que olho torto de roxo.

Dos olhos de Tramela transbordam lágrimas. Ele corre sem rumo certo. Tropeça, cai, levanta-se com raiva feito bicho do mato. Somente a falta de ar e o tremer das pernas fazem Tramela parar e descansar. Encontra uma árvore.

Fecha os olhos. Tenta esquecer que existe esse mundo. Não queria ter nascido, não queria ter sido Tramela — "quem sabe um Mike

Tyson?" —, mas a sede o leva a descobrir um brilho de água entre os verdes da mata.

Bebe água. Lava o rosto como se pudesse se livrar de sentimentos tão pesados. Pensa em voltar para a feira, mas só anda pela beira do rio até descobrir a canoa, onde Pitoco e Pé-de-Banda, folgados, dormem a sono solto.

Tramela se transforma e tem uma enorme vontade de rir. Que maldade pode fazer com aqueles dois? Colocar uma cobra na canoa? Mas, cadê a cobra? Fazer enxame de marimbondos picar a cara deles? E a caixa de marimbondos? Jogar umas aranhas nas pernas deles? Como vai sair por aí pegando aranhas no meio do mato? Tramela não quer pensar em mais nada, porém não deixa de olhar a canoa balançando ao sabor da correnteza. Vai até lá e desamarra a fina corda que a prende num toco de pau.

A canoa desliza para o meio do rio. Pé-de-Banda e Pitoco em sono profundo. Tramela, agachado no barranco, vê a canoa partindo. Ela vira pedaço de pau, galho seco, um risco negro no meio do rio, um nada.

Tramela ri bem alto. E vai embora com nenhuma raiva de Piçarra.

Canoa veloz

O tempo leva a tarde consigo. A cidade fica cada vez mais distante. Vem a noite pintando de negro o azul do céu e todo o branco das nuvens. É hora das estrelas. A canoa sem direção se deixa levar pelo rio. Rodopia, rodopia, bate em barranco, volta ao meio do rio e entra na correnteza. Canoa veloz.

Esses meninos têm sono de pedra. Não ouvem canto de coruja. Não veem voo de morcego. Urro de onça, eles nem percebem. E nem têm olhos para boca grande de jacaré que espreita em cada beira.

O vento é de brincar com os corpos dos meninos. Eles somente se ajeitam na canoa para não ferir osso e costela. Os meninos se coçam para espantar pernilongo e mosquito que gostam de picar poro e pele. A canoa corre na velocidade das águas.

Pé-de-Banda sonha com Taninha e Pitoco com disco voador. A menina joga estrelinhas sobre Pé-de-Banda, que se torna brilhante e transparente. Pitoco voa pelo espaço no disco voador. Voa sem saber que a noite deixa seu lugar à madrugada. E a madrugada guarda o canto dos primeiros passarinhos.

O sol aparece como bola de fogo na linha do horizonte e

enche de brilho o verde da manhã. Pé-de-Banda se retorce, abre os olhos. A forte luz do dia. O menino desvia o olhar para fugir da violência dos raios e vê um pássaro. Não somente um, mas três, quatro, centenas de garças sobre as árvores.

— Acorda, Pitoco, vê só onde a gente veio parar!

Pitoco se assusta e quase cai da canoa.

— Nossa, que passarada!

— Isso aqui parece o Pantanal. É como aquelas fotografias que existem na banca do Pixaim, não é mesmo?

Pitoco, por alguns momentos, ainda reflete sobre a paisagem.

— Parece que é o Pantanal, como viemos parar aqui?

— Sabe que eu não tinha pensado nisso?

Não só de garças, mas as árvores estão repletas de pássaros de todas as cores. Eles estão voando, pousados ou catando comida nas margens do rio. E, dentro do rio, um bando de aves bem negras. Elas mergulham e ficam um bom tempo debaixo d'água. Depois aparecem somente as cabecinhas ariscas. Tomam impulso e novamente saem voando.

A canoa gira. Os meninos não têm controle sobre a embarcação. Sentem um pouco de medo, que é aliviado pela imagem de figueiras e angicos e revoada de pássaros que nunca termina nos dois lados do rio.

Pitoco nota que o rio tem muitos jacarés. Dá de cara com aquelas bocarras bem perto da canoa.

— Estamos fritos! — exclama Pitoco.

— Se a gente cair desta canoa, vamos virar guisado para esses jacarés — comenta Pé-de-Banda, pegando o pedaço de remo para espantar os jacarés. Pé-de-Banda pensa ser impossível nadar até qualquer margem do rio, sem ser molestado por aqueles bichos.

A canoa continua descendo sem controle. Os raios fortes do sol obrigam os meninos a se proteger. Rostos cheios de suor.

— Tomara que a gente encontre algum povoado — diz Pé-de-Banda.

— Parece meio difícil... — reconhece Pitoco.
— O que vai acontecer com a gente?
Pitoco não tem muito a dizer:
— Não sei... Em algum lugar a gente vai chegar.

A correnteza dá mais velocidade à canoa, que invade todos os espaços do rio, sem rumo certo. Os meninos têm que se firmar para não cair dentro da água.

— O jeito é nadar até a beira do rio, com jacaré e tudo mais! — arrisca Pitoco.

— Acontece que vamos parar no mato. Aí é que as coisas podem complicar — analisa Pé-de-Banda.

— E se a canoa virar?

— Ah, Pitoco, eu não chego lá! Agora, se a canoa não virar, a gente tem esperança de encontrar alguma vila, alguma gente, sei lá!

Descer o rio é até divertido. Somente um pouco de medo toma conta dos meninos, quando encontram os jacarés atrapalhando o trânsito, um tronco de árvore, um pato mergulhando e respingando água nos seus rostos infantis.

Bela surpresa

A canoa continua indomável pelo rio. Os meninos navegam quilômetros e não há sinal de vida humana. Somente árvores, pássaros, bichos. Em determinado momento, Pitoco vê algo como uma sombra se movimentando no leito do rio. Não é árvore caída, não é ajuntamento de folhas, não é bicho. É uma canoa.

Ela vai se aproximando e os meninos percebem que é comandada por um homem já velho, de barbas e cabelos longos e brancos.

— Estão fazendo turismo, meninada? — O velho dá uma boa gargalhada e encosta sua canoa perto da dos meninos.

— Estamos perdidos... — responde Pé-de-Banda.

E Pitoco acrescenta:

— Nem sabemos direito que lugar é esse.

O velho ri novamente:

— Parece o Rio de Janeiro? Olha que vocês estão na capital federal! — diz o velho com ironia.

— Eu desconfio que é o Pantanal — fala Pé-de-Banda —, mas eu não tenho muita certeza...

— Ora, claro que é o Pantanal! Mas como vocês chegaram aqui?

— A gente também não sabe. Sei que dormimos na canoa e ela veio parar aqui.

— Bem, agora então é vocês passarem para a minha canoa, porque essa aí vai acabar dando com os burros n'água.

— Burro dentro d'água? — Pitoco está espantado.

— É verdade — comenta o velho —, uns burrinhos parecidos com você — e não deixa de dar uma nova risada.

Pitoco e Pé-de-Banda passam para a canoa do velho, que explica haver ainda uma longa viagem a fazer.

— Moro no coração do Pantanal. Só vamos chegar à minha cabana amanhã.

— Vai demorar muito, pelo jeito — desanima Pé-de-Banda.

— Claro que sim. Aqui não tem trem de ferro, avião ou automóvel. Mas a gente se diverte vendo água correr e peixe molhar.

— Mas peixe já não nasce molhado? — pergunta Pitoco, sem acreditar no que o velho está falando.

O velho ri tão alto que espanta um bando de garças e faz mergulhar vinte biguás.

— O que o senhor faz aqui no Pantanal? — pergunta Pé-de-Banda.

— Olha, menino, sou vigia do Pantanal. Ando por aí me entendendo com iguana, frango-d'água e jacaré. Gosto de andar de canoa e conversar com os bichos, não sabe?

— Ah! bicho não fala! — ri Pitoco.

— Isso é porque você não sabe a língua deles — acrescenta o velho. — Aqui tem garça que fala inglês, tem inhuma que capricha no japonês e até jacaré escritor de dicionário.

— Como esse velho é mentiroso! — desconfia Pé-de-Banda.

— Você não acredita, menino? Você vai ver quando eu lhe ensinar a língua da bicharada. Você vai virar poliglota.

— Poliglota? Que nome mais difícil!

— Epa! Esqueci de perguntar o nome de vocês. Meu nome é Brasilino.

— Nossa, nome que nem esse eu nunca vi! — Pé-de-Banda não esconde um pouco de zombaria.

— E qual é o seu nome?

— Todos me chamam de Pé-de-Banda.

— Nome mais esquisito ainda. Por que Pé-de-Banda?

— Porque quando estou parado, meu pé fica de lado.

— Essa é boa. E você, baixinho, como é o seu nome?

— Pode me chamar de Pitoco.

— Pitoco, Potoco, Popoco, Dodoco, que coisa mais diferente. Até parece purutaco, purutoco, Pitoco, que nome, hem?

— É que eu sou baixinho.

O velho solta mais uma de suas risadas pela imensidão do Pantanal. A canoa é agora como flecha que corta todos os rumos do rio. As horas passam até o encontro com o alto do dia. Pitoco reclama, porque o estômago está remoendo de fome. Pé-de-Banda e Brasilino também estão famintos.

Enquanto a canoa corre sobre as águas, o velho e as crianças observam as margens do rio. Até que descobrem uma clareira e ali se instalam.

Brasilino prepara as iscas para a pescaria; Pé-de-Banda e Pitoco escolhem galhos secos que servirão para a fogueira. Brasilino lança o anzol e tira da água um piau, um pacu e três piraputangas.

— Esses peixes dão para matar a fome de uma tropa — explica o velho Brasilino.

A fogueira já está feita e o velho comparece com o arroz. A cena merece uma observação de Pé-de-Banda:

— Você é prevenido, Brasilino, tem até arroz na matula!

— Eu ando por tudo quanto é canto desse Pantanal. Tenho até champanhe e caviar, revólver e espingarda.

— Caviar? O que é isso? — pergunta Pitoco.

— Caviar é só pra certas ocasiões — responde Brasilino.
— Cadê a espingarda? — quer saber Pé-de-Banda.
— Deixa a gente ver o revólver e a espingarda — pede Pitoco.
Brasilino tira as duas armas de um saco bem gasto.
— É pra matar bicho?
Brasilino nega. Diz que mata só para comer e não tem medo de bicho.
— E se vier uma onça para te atacar, como é que você faz?
— Vote! Onça não me pega. Onça tem medo de mim. Passo uma rasteira nela e ela sai correndo.
— Esse velho é muito mentiroso ou é valente mesmo! — ri Pé-de-Banda.
— É um contador de potoca — desacredita Pitoco.
— Potoca uma ova. Você ainda vai me ver fazer tamanduá dançar lambada e dar nó em rabo de jacaré!
— Vou fingir que estou acreditando — Pé-de-Banda brinca com o velho Brasilino.
— Sai pra lá, moleque gozador. Vou te mostrar o que é bom pra tosse.
— Conversar goma não adianta. Só mesmo com xarope — Pé-de-Banda responde prontamente a Brasilino.

O velho ri com folga. A comida já tem um cheiro gostoso. O sabor é melhor ainda. Comem até encher a barriga. E vem o sono mais que depressa. Dormem debaixo de uma piúca.

Magia pantaneira

Alguma coisa fria e pesada enlaça a perna direita de Pé-de-Banda. Ainda sonolento, tenta chutar o que lhe enrosca. Abre os olhos e vê uma imensa cobra já bem perto do seu pescoço. Berra. Um berro aterrorizador. Pitoco e Brasilino, com a gritaria, saem do sono sossegado e percebem o desespero de Pé-de-Banda.

Pé-de-Banda tenta se livrar da cobra. Não tem forças. Os braços são apenas frágeis varinhas de marmelo para vencer a cobra enorme. Mas Brasilino tem jeito e força para retirar a jiboia do corpo do menino. Com as duas mãos, roda a jiboia no ar, que, lançada, cai no meio da água, fazendo um grande barulho para então desaparecer. Pé-de-Banda, prostrado sobre a terra, perde todo o ânimo. Amarelo de medo. O velho acalma o menino:

— É só uma jiboia. Não tem veneno. Só engole menino medroso.

— Quase morri foi de medo — fala Pé-de-Banda, voltando à vida, andando meio torto, tentando se amparar numa árvore. — Pensei que desta vez eu fosse pro beleléu.

— Você já está no beleléu — é o velho quem fala. — O Pantanal é o beleléu. Vai ter que se acostumar com jiboia, sucuri, caninana, jararacuçu e cascavel!

Pitoco arregala os olhos:

— Eu quero é ir embora daqui!

— Acho que vou ter que te devolver para a cidade — ameaça o velho Brasilino.

— Não tenho pai nem mãe. Não tem como me devolver pra ninguém.

Refeitos do susto, os três reencontraram a alegria e Brasilino explica que há muito caminho a percorrer. Percorrer esse imenso rio, como novos mas valentes pantaneiros.

A canoa é um relâmpago na água. Festa de corredeira. Festa de vento que anda livre por toda a natureza. Brasilino desafia o vento, conversa com as nuvens, com joão-pinto, mulateira, curicaca, e a canoa vai pelo manto brilhante de água e luz.

— Eta mundão brabo!

O velho rema a braços fortes, em ritmo arrojado.

— Falta muito, Brasilino?

— Está com pressa de chegar?

Pé-de-Banda percebe que no Pantanal não existe pressa.

— É que eu me lembrei de uma coisa...

— Que coisa?

— Uma coisa...

— Desembucha, menino!

— Acho que a minha mãe está pensando que eu morri! — exclama Pé-de-Banda.

— E você acha que morreu mesmo?

— Claro que não morri. Não está vendo que estou mais do que vivo?

— Ela só está sentindo a sua falta.
— Ela deve estar desesperada...
— Vamos dar um jeito nisso.
— Que jeito?
— Por telégrafo sem fio pantaneiro, menino biúdo!

Brasilino reduz a velocidade e leva a canoa para a margem esquerda do rio.

— Vê aquele bando de garças naquelas árvores?

Os meninos acompanham o dedo indicador de Brasilino e encontram as garças.

— Vou mandar o recado — diz o velho.

A seguir, diz algumas palavras incompreensíveis, como se fosse uma oração. Agita os braços e as garças voam.

— Não entendi nada!
— Nem era pra entender — explica Brasilino. — As garças vão avisar à sua mãe que você está mais vivo e feio que macaco bugio.
— Eu não confio muito nesse recado, não!
— Não precisa confiar. O recado está dado. Então, pronto!

A canoa pantaneira viaja pelo mundo de azul suave do céu e recantos de muitos verdes. Passarinho de não cansar de ver.

O aviso da inhuma

— Que passarinho bonito! — Pé-de-Banda está admirado com a ave dourada e negra.
— É a japuíra.
— A japuíra é linda!
Pé-de-Banda anda em volta da árvore onde estão construídos cinco, seis, sete ninhos de japuíra. Os passarinhos pousam nos galhos e dão pequenos voos rasantes ali por perto.
Pé-de-Banda e Pitoco já estão na cabana do velho pantaneiro. Após terem guardado as coisas de Brasilino, os dois meninos investigam o lugar aonde acabaram de chegar.
— Essa japuíra é bonitinha demais, não é, Brasilino?
— Tem muito mais passarinho aqui tão bonito quanto a japuíra. Só que ela é espertinha. Imita os outros, igualzinho, que nem papagaio.
— E não tem medo de gente.

— Passarinho do Pantanal parece que é manso. Chega perto, come na mão. Só que não é fácil de pegar.

— Você pega muitos, Brasilino?

— Pegar passarinho pra quê, menino? Eles ficam por aí o dia inteiro. Ninguém precisa dessas coisas.

Pitoco não vê qualquer razão para contradizer Brasilino.

Duque e Vulcão. Os dois cães entram no quintal latindo e espantando japuíra, pássaro-preto, maritaca e periquito. Os periquitos fazem círculos no ar e logo voltam para os pés de mulateiras. As outras aves partem e as japuíras voam para junto dos seus ninhos.

Duque tem cor de cera. É cachorro de passar medo em jaguatirica. Tem a cabeça grande. É arisco. Rosna fácil para estranho. Não é de muita brincadeira. Vulcão é manso de abanar rabo para o dono. Pula no velho Brasilino querendo festa. O velho não tem muita paciência:

— Cachorro enjoado! — Dá uns tapinhas no couro do animal como que para matar saudade.

— Esses cachorros gostam de atrapalhar a vida da passarada.

Pé-de-Banda olha vários jacarés tomando sol depois da cerca de arame. O Pantanal tem muitas curiosidades para se ver. Da porta da cabana ouve a conversa de Brasilino:

— Pelo jeito da bicharada, tem alguma coisa errada nesse Pantanal. As inhumas não estão sossegadas. Pode ser até coureiro. Amanhã, a gente vê se eles estão por perto.

Os meninos não compreendem Brasilino.

— Coureiro, Pé-de-Banda, é jagunço que entra no Pantanal para matar jacaré e vender o couro para os gringos.

Pitoco fica surpreso:

— Tem homem que dá conta de matar jacaré?

— É a coisa mais fácil do mundo, menino! — explica Brasilino. — Mata a bala. É só chegar à beira do rio, à noite, jogar luz de lanterna na cara dos bichos e meter fogo. É mais fácil que laçar perna de ema. Vamos andar pela região e ver se os coureiros estão agindo.

Sangue no Pantanal

Trinta capivaras correm, em debandada, na frente dos três cavaleiros. Pé-de-Banda, Pitoco e Brasilino montam cavalos pantaneiros e fazem uma caminhada para averiguar a ação dos coureiros. As capivaras entram no mato. Abrem passagem.

— Capivara parece um rato grande — observa Pitoco.
— É comida de onça.
— Onça?
— Onça caça capivara. A última do bando cai na boca da pintada.
— Então, as pequenininhas é que morrem?
— Nem sempre — informa Brasilino. — Aquelas que estão doentes se cansam mais rápido. Por isso, dizem que onça limpa o bando.
— Eu até queria ver uma onça — diz Pé-de-Banda.
— Você não tem medo? — pergunta Pitoco.

— Eu? Não. Quero montar no lombo de uma onça e ver a bicha debaixo do meu chicote.

— Isso não é contar vantagem, hem, Pé-de-Banda?

Eles seguem cavalgando. Algumas emas passam lentamente pela planície. Marrecos atravessam o céu num desenho mágico. Brasilino mostra os tuiuiús.

— Bicho desajeitado é esse tuiuiú. Grandalhão e desengonçado. Só é bonito quando voa.

— E aquele passarinho?

— É o cafezinho. As pequenas aves procuram comida entre as plantas aquáticas. Elas são elegantes e delicadas.

Lá estão os jacarés tomando sol. Estão imóveis, com a boca aberta, à beira de um igarapé, onde garças, colheireiros, tuiuiús, biguás e patos selvagens formam uma nuvem colorida sobre o verde. Nem tudo parece normal. Há algo estranho no ar, pois as inhumas gritam denunciando presença humana naquela parte do Pantanal. O velho procura alguma resposta. Corrige a direção do olhar e expressa no rosto a certeza de ver algo interessante.

— Vamos ter que andar mais um pouco — diz Brasilino, apontando urubus voando em círculo.

Os cavaleiros marcham, com as pernas dos animais cobertas de água, até chegar a um pequeno descampado. Os urubus levantam vôo e vão às árvores mais próximas para o pouso emergente.

Na terra, o cenário é de morte. Carne e sangue de jacarés espalhados misturam-se com areia e água. Brasilino conta os mortos:

— Mais de quarenta jacarés foram abatidos. A urubuzada tem razão de comemorar!

— Nossa, que catinga! — Pé-de-Banda tapa o nariz.

— Catinga, catinguelê, caxinuelê, hem, caxinguelê!

Os meninos riem. Brasilino faz outro comentário:

— Não tem muito tempo que eles agiram. Vamos procurar pistas.

— Vamos atacar os coureiros? — pergunta Pitoco.

— Calma, rapaz, vamos ter que espantar essa turma, mas com calma. É preciso saber a hora de atrapalhar a caçada aos jacarés.

— Parece que o velho gosta mais de jacaré do que de gente — comenta Pitoco com Pé-de-Banda.

Brasilino ouve bem:

— É que estão acabando com os bichos do Pantanal. Como é que vai ser o Pantanal sem jacaré? Depois dos jacarés, eles matam as capivaras, os tuiuiús, os cervos... acaba tudo.

— É... esse povo quer acabar com o Pantanal — conclui Pé-de-Banda.

— Vamos voltar.

Os três montam em seus cavalos e tomam caminho de retorno. Pitoco e Pé-de-Banda estão impressionados com a matança dos jacarés. Brasilino tenta esconder o aborrecimento assobiando uma moda de viola.

— Isso é uma guerra — pensa alto Pé-de-Banda. Pitoco logo se imagina em pleno combate com centenas de coureiros. Entretanto, as imagens que agora saltam aos olhos dos aventureiros não são trágicas. São convidativas. Cinco cervos saem em disparada pelos alagados do Pantanal ao notar a presença dos três. Os animais em corrida liberta e ágil. As inhumas piam forte na passagem do velho e dos meninos. Marrequinhos voam em direção do grande rio.

Brasilino volta a pensar nos coureiros, enquanto cavalgam. Ele quer fazer uma boa armadilha, já sabendo que os coureiros agem em grupo.

Araras azuis? Sim. Araras azuis no topo de uma árvore seca. Será ali o ninho delas? Elas fogem com uma cantoria histérica e cortante. Os meninos não estão acostumados com o trotar dos cavalos. O gado bravio espalhado pelo verde pantaneiro que se estende até o horizonte sem fim. O dia de muito sol encharca de suor as camisas dos cavaleiros.

Mais à frente, uma paisagem conhecida: a cabana de Brasilino, onde irão repousar, comer pacu e piraputanga assados. Eles descem dos cavalos, tiram os arreios e os deixam livres como os outros bichos que podem correr à vontade pela vastidão da terra.

Duque e Vulcão se enroscam nas pernas de Brasilino. Ele espanta os cachorros, a seu jeito, enquanto os meninos levam os embornais para dentro da cabana.

Pitoco estica o corpo no banco de madeira. Pé-de-Banda acha um colchão de palha.

— Vamos ter que pescar para matar a fome, né? É preciso preparar as iscas.

Pé-de-Banda concorda sem dizer palavra. Olha, da janela, um casal de tucanos pousando num pé de jatobá.

Uma conta esquisita

Brasilino deposita e mistura, numa gamela, farinha de trigo e farinha de mandioca. Com um pouco de água, coloca pó para suco de uva. Da massa, faz bolinhas que aparentam-se com coquinhos pantaneiros. É isca para pacu. Pé-de-Banda ajuda o velho na tarefa.

Pitoco não está muito interessado na pescaria. Pretende explorar a redondeza à caça de ninhos de jacarés.

— Leva uma vara bem comprida, para espantar a fêmea do jacaré. Quando alguém mexe no ninho, ela ataca.

Enquanto Pitoco vasculha o quintal à procura de uma vara, Pé-de-Banda e Brasilino terminam de fazer as iscas. O rio corre a alguns metros da cabana. É só andar um pouco para a escolha de um lugar legal para a pescaria.

— Vamos descer mais um pouco. Mais embaixo a pesca pode ser melhor.

O velho anda por uma trilha à margem do rio, levando as varas e os anzóis. Pé-de-Banda carrega as latinhas de iscas. Deve estar chovendo nas cabeceiras, por isso o rio vai enchendo. Chuva caíra há poucos dias. O velho Brasilino pensa sobre as mudanças do tempo e Pé-de-Banda só percebe o transbordar do verde na intensa movimentação das folhas.

Os dois pescadores já têm as iscas nos anzóis que, ao serem jogados na água, imitam a queda de coquinhos, atraindo os peixes.

Um pacu fisga o anzol e Pé-de-Banda tem que se firmar para não perder o equilíbrio. O tira-teima não dura muito tempo. O pacu consegue escapar. Desaparece no fundo do rio, com isca, anzol e tudo mais. Pé-de-Banda fica a ver os cardeais que pousam nos pés de jambo.

Com mais experiência, Brasilino faz boa pescaria. Pé-de-Banda, mal acabando de colocar outro anzol e outra isca, ouve ruído de motores. O barulho espanta peixes e passarinhos. Mais barulho: tiros, pipocar de tiros. Bala de metralhadora? Aí então aparecem as lanchas. São quatro lanchas lideradas por outra bem maior e imponente.

Os tiros continuam. Apenas farra ou demonstração de força daqueles que lotam as embarcações motorizadas? O velho e o menino se escondem entre as árvores.

— O negócio tá feio — diz o velho Brasilino.
— Que turma é essa? — quer saber Pé-de-Banda.
— São os coureiros de quem já falei. Eles estão folgados assim porque não há fiscalização alguma por esses lados.

Com calma, desativam os equipamentos de pesca e os passarinhos voltam ao normal, com o distanciar das lanchas. Por pouco tempo, porque então surgem as canoas motorizadas, com homens armados de espingardas, rifles, fuzis.

— Não é brincadeira esse pessoal, hem, velho?
— Vamos ter que dar um tranco neles!
— Nós? Nós três contra esse monte de homens?
— Somente dois, Pé-de-Banda — arrisca Brasilino — , porque você e o Pitoco só valem meio homem cada um. Meio com

meio dá um; um e um são dois. Dois homens contra esse bando de coureiros.

Pé-de-Banda sorri:

— Um e meio, Brasilino. Com a sua velhice, o seu valor está mais para meio do que para um. Três vezes meio é um e meio.

— Sua conta está errada, Pé-de-Banda. Se cada um de vocês vale meio, eu acabo valendo por dois. Dois e um são três e fica assim o resultado.

— Cada um tem a sua conta — diz Pé-de-Banda —, mas se a gente soma tudo na real descobrimos que três são três e não tem mais matemática na conversa.

— Tá certo, baixinho!

O velho dá uma gargalhada e os dois voltam para a cabana.

— Precisamos arrumar uma boa maneira de acabar com os coureiros — o velho Brasilino pensa alto.

— A gente pode desistir. Não temos como vencer.

— Deixa de ser medroso, moleque! É só usar a cabeça que atrapalhamos a caçada deles.

Pé-de-Banda não consegue qualquer saída para vencer os coureiros. Mas sente falta de alguém:

— E o Pitoco que até agora não apareceu?

— Deve estar montando alguma anta por aí.

Gato selvagem

A anta corre pelo iguapé. As suas patas jogam água por todas as flores, folhas e margens.

Surgem outras antas, tão assustadas quanto a primeira. Arara passa gritando e Pitoco sai do meio da mata patinando em terreno escorregadio.

Ao encontrar o ninho de jacaré, o menino esquece as recomendações de Brasilino. Fica curioso com aquele ninho de galhos secos, empilhados com perfeição e quer saber como é ovo de jacaré. Branco? Azul? Verde? Vermelho? Existe ovo vermelho? Pequeno ou grande? Grandão assim de ser preciso duas mãos para pegar só um?

Os ovos não são tão grandes assim. Pitoco chega a essa conclusão, desfazendo o ninho. Então, aparece a mãe jacaré disposta a tirar satisfação com o intrometido na sua ninhada.

Pitoco lança mão da vara e toma posição de defesa. A mãe jacaré destroça de uma só vez a ponta da vara. O outro recurso de Pitoco são as pernas, pernas tremelicantes, "pernas, pra que te quero". E assim sai gritando como se tivesse visto a morte de perto.

Corre desviando de gravatá, unha-de-gato e cansação, até perder o fôlego. Olha para trás. Alívio. Nem sinal da "jacaroa". Deve ter se contentado em espantar o pivete. E já pode estar buscando novas folhagens para cobrir os ovos desarrumados por Pitoco.

Há uma boa distância entre a mata e a cabana. Pitoco reza um padre-nosso para chegar vivo junto dos amigos. Está sem forças para andar. E aquela embaúba o convida para refazer as energias. É o que precisa o menino medroso.

Pitoco se acha mesmo um azarado. Será praga de urubu? Desses urubus que viajam macio navegando por esse ar azul de nuvens? De urubu-rei, imperador do sol e das águas dos igarapés?

Refeito e com as pernas já assanhadas de vontade de andar, Pitoco pega caminho. Engata a primeira, passa logo para a segunda e o motorzinho da vida o coloca no meio da estrada que vai para a cabana.

Vem aquela alegria boba de quando a gente está sozinho e tem desejo de dizer coisas para o mundo, de falar com árvore, de insultar gavião-caramujeiro, de rir de cachorro-do-mato-vinagre que escapa por uma trilha por onde só os bichos ousam entrar, de desafiar onça grandona, pintada, cara de gato selvagem.

Quando a felina começa a andar ao lado de Pitoco, ele fica, no primeiro instante, maravilhado. Bicho bonito que anda suave, onde tudo é harmonia de músculos, cores, movimento e olhar.

Pitoco olha para a onça. Não quer acreditar: "Será que sou eu mesmo?". Coração bate como tambor em dança de índio.

A onça olha para o menino. Pensa na comida esquisita que é essa que anda com dois pés, não corre de medo e só arregala os dois olhões.

O menino olha para a onça, certo de que não há como fugir porque as pernas não sabem mais andar nem direito nem ligeiro. Canela contra canela. Joelho contra joelho. Calcanhar contra calcanhar. Nada se ajusta.

A onça olha para o menino. Sente enjoo no estômago porque essa comida deve ser muito perigosa. Veneno? "E se esse bicho resolve me comer?" A onça mostra os dentes.

Pitoco olha os dentes afiados da onça. Ouve uma ameaça em forma de rugido que o faz imaginar como seria bom se fosse apenas um passarinho, um passarinho de nada, para voar até a árvore mais próxima e escapar das patas enormes e daqueles dentes terríveis da onça.

A onça olha para Pitoco. Na memória vem o cano de uma espingarda que um bicho que nem Pitoco apontara para ela. Lembra do barulho de deixar os ouvidos explodindo de zumbidos, de deixar desorientada a rainha pantaneira.

O menino olha para a onça. E pensa que se ela estivesse com fome já teria pulado em cima dele e, com uma só patada, terminado com a sua vidica de nada. Tão nada que ali não chega qualquer socorro. Nem virgem santa aparece, nem bando de caçadores, nem jipe, nem caminhão, nem cachorro perdigueiro.

A onça olha para o menino. Pensa que se esse bicho resolver fazer barulho o melhor é procurar jeito de fugir. A felina pressente a morte e, por isso, ameaça com um novo rugido.

O menino olha para a onça com todos os pelos do corpo arrepiados. É um gato? Um gato grande. Se for gato mesmo, é só chamar *chamim-chamim*, que ele vem mansinho. Trisca os dedos, mas as mãos não conseguem os gestos de cativar a bichona.

A onça olha para o menino. "O bicho não é de atacar!" Faz cara feia. Rosna, brava, só para mostrar poder. Depois, pula no mato. Vai desafiar outros bichos ou até cuidar da ninhada.

Pitoco fica levíssimo de alegria. Não há mais aquele manto negro e dourado nem aquele andar meticuloso e sensual. Não há mais os dentes brilhantes nem os olhos desafiadores da fera. Não há mais onça. A estrada quase sem vida. Nem canto de passarinho tem graça.

"A onça deve ter ido beber água", pensa Pitoco, resistente e firme, caminhando rumo à cabana de Brasilino.

Mentiras?

— Eu vi uma onça! Eu vi uma onça!

Pé-de-Banda e Brasilino ouvem, surpresos, a gritaria de Pitoco.

— Eu vi uma onça desse tamanho! — Pitoco mostra com as mãos o comprimento aproximado da onça.

— Onde você viu a onça, Pitoco? — pergunta Pé-de-Banda, um pouco desconfiado.

— Eu voltava pra cá, pela estradinha, quando ela apareceu. Desse tamanho, toda pintada, uma bocona, cada dentão! Andamos juntos na estrada, mas ela não fez nada. Ela deve ter ficado com medo de mim!

— Claro, você mete medo em qualquer um! — debocha Pé-de-Banda.

— Você não correu da onça?

— Correr de que jeito? Eu mal tinha forças para andar, meu chapa. Fiquei feito bobo e mais bobo ainda de ver como a onça era bonita. Desse tamanhão!

— Será que ela ainda está aqui por perto?
Brasilino entra na conversa:
— Que menino besta! Essa onça ninguém vai achar agora. Vamos comer o pacu, que está cheiroso, pois acho que depois temos que atacar os coureiros.
— Atacar?
— É isso mesmo. Vamos comprar uma briga com os coureiros.
Pitoco pergunta:
— Que coureiros são esses?
— É uma turma barra-pesada. Eles têm metralhadoras, rifles, fuzis, lanchas — explica Pé-de-Banda. — A gente viu alguns deles descendo o rio, hoje, quando estava pescando.
— E nós não temos nada — reflete Pitoco.
— A gente tem cabeça, moleque — Brasiliano fala —, e vamos passar uma rasteira nesse povo.
Pitoco ainda curioso.
— Então, me conta o que está pensando, Brasilino.
— Amanhã, bem cedo, vamos buscar os cavalos para a viagem. O resto a gente vê depois.
O pacu está cheirando a delícia. Farofa e carne de peixe bem suculentas dão água na boca. Os três deixam de lado a aventura do outro dia, porque o que vale agora é a vontade de comer.
— Você é bom na cozinha, hem, velho?
— Sou bom de tudo, menino — Brasilino conta vantagem.
— Só não é bom de mulher, porque não tem nenhuma — observa Pitoco.
— Já tive mulher demais; umas vinte mulheres. Tenho filho em cada canto do mundo.
— Mentira pouca é bobagem — goza Pitoco. — Então, cadê as mulheres?
— Mulher, menino, é como a lua. Vai e vem e a gente continua.
— Para um velho como você, só mesmo uma daquelas bem feiosas, de passar medo em assombração, né?

— Vira essa boca pra lá, menino!

Peixe assado deixa a conversa mais solta e tem quem queira repetir o prato. A meninada e o velho forram o estômago. A lua aparece no anoitecer do Pantanal. As corujas voam pelo horizonte noturno. Morcegos e calangos. Piado triste de algum pássaro ao longe. Brasilino tem suspiro para nuvens e estrelas, para o infinito.

Pantanais

Choveu de madrugada. Os habitantes da cabana levantam-se e encontram o dia imerso em clareza úmida de folhas molhadas. Os dois cachorros, Duque e Vulcão, investem contra um intruso no quintal. Tamanduá-bandeira de cor negra e brilhante. O bicho resiste ao ataque dos cães, encantoado na cerca de madeira.

Brasilino não encontra razão para toda aquela barulheira:
— Passa, tiu! Passa, tiu!

Os cães vacilam em obedecer ao dono. O tamanduá, percebendo a hesitação dos seus inimigos, consegue escapar por uma brecha e, embora desengonçado, entra no mato. Os cachorros insistem na perseguição. O velho tem que mostrar autoridade:
— Passa, tiu! Recua, Vulcão! Duque, passa pra dentro!

Os cachorros rosnam inconformados. O tamanduá não fora para tão longe. É possível vê-lo no meio de alguns cambarás, procurando ainda se livrar do perigo. Os meninos chegam ao quintal.
— O que está acontecendo?
— É só um tamanduá-bandeira — diz Brasilino, que pega uma vara e ameaça de surra os dois cachorros.

Os meninos procuram o tamanduá. Ele aparece no meio das folhagens, logo toma um novo caminho e foge. O velho tem que ralhar mais uma vez com os cachorros até que eles se aquietem pelos cantos da cabana.

— Mundão d'água, hem?

Pitoco e Pé-de-Banda acompanham Brasilino, que aponta a vastidão do Pantanal. O espaço aberto vai escondendo os seus grandes terrenos verdes para dar lugar à água cristalina.

— O Pantanal está virando um mar — compara Pé-de-Banda.

— O Pantanal vai transbordar de água — esclarece Brasilino.
— Durante meses não vai parar de chover. O Pantanal tem dois tempos: um é tempo de seca e o outro é só de cheia.

Os meninos passeiam o olhar por aquela paisagem de lagos e lagoas em formação; as árvores e os arbustos vão desaparecendo e a imensidão se transformando em um grande e intangível oceano. O velho alerta:

— Vamos arrumar as nossas coisas, pois temos viagem pra fazer. Pé-de-Banda, prepare a matula e o resto da tralha. Pitoco, venha comigo buscar os cavalos.

Pitoco apanha o laço, o cabresto e acompanha Brasilino. Pé-de-Banda entra na cabana. O pacu assado já está bem guardado. Cadê o embornal? Está pendurado na parede. Cadê a mochila? A mochila está sobre o banco de madeira. E as armas estão em cima dos tamboretes.

Enquanto isso, Pitoco se arrasta no meio da água para acompanhar os passos firmes de Brasilino.

— Vou afogar, Brasilino; a água já está dando no meu peito!

— Aproveite e nade, molenga!

Pitoco tenta empurrar o corpo no meio da água. O velho não sabe esperar e vai em frente, com Duque e Vulcão. Os cachorros se divertem correndo atrás de macuco e tuiuiú, que são obrigados a voar para longe dali. Vulcão persegue um bando de marrecos. Como se fossem uma imensa nuvem, eles alçam voo e tornam o Pantanal mais bonito. Pitoco cria forças e se aproxima de Brasilino. Cafezinho brinca sobre as folhas na água rasa. É uma vida frágil no meio da boiada selvagem que acompanha a andança do velho e do menino.

— Olha lá, Brasilino, os cavalos!

Os cães cercam os animais, que não resistem à aproximação de Pitoco e Brasilino.

— Moleza pegar esse cavalo, Brasilino.

Pitoco laça o animal negro, enquanto os outros dois são dominados pelo velho. Para os cães, ainda é tempo de mais uma corrida. Vão espantar papagaio e periquito. É bote em maritaca e tucaninho. Gritaria geral. Mata verde de asas corta o céu do Pantanal.

— Passa, tiu!

Os cavalos são fortes e não sentem o peso da água. Marcham como se estivessem em terra firme. Voltando para a cabana, Pitoco espia o vermelho berrante da arara, trachã e quati.

O trotar da cavalaria treme a terra da cabana.

— Tudo pronto, Brasilino. — Pé-de-Banda apresenta o arsenal empilhado na varanda.

— Vamos arrear os cavalos — diz Brasilino, jogando o arreio no lombo dos animais.

Cavalgada

Neste Pantanal tem sabiá, tico-tico e pintassilgo, tem bem-te-vi e cardeal. Pantanal de negras asas, andorinha, coruja e jaçanã. Asas abertas para a liberdade de voar até os braços de Deus. Asas de voar até as estrelas e luar. Asas de voar até a crista fulgurante do sol.

— O martim-pescador. — O velho aponta para os pássaros de bico fino e comprido, penas brilhantes de molhadas, pousados em toco de pau à beira d'água. — Vamos que vamos, minha gente!

Os cavalos sabem romper aguapés e vazantes, o vasto mundo das águas.

— Vamos que vamos, minha gente!

O velho dá uma boa gargalhada de tontear cabeça de mico-preto, de eriçar pelo de capivara, de puxar língua de jaguatirica. Os cavalos rompem caminhos e as botas enfrentam espinhos, acariciam flor vermelha de sangue colorindo o esverdeado das ramagens. Chicote que bate em lombo de cavalo e amedronta caninana que atravessa galho de árvore feito varinha mágica.

— Vamos arretar a vida dos coureiros, companheirada!

Arancuã se esconde da tropa de três. Canoeiro passa longe. Os três apertam o ritmo procurando as melhores trilhas, evitando as poças fundas de água. O sol é impiedoso e ardente. Suor que respinga na cara dos aventureiros.

— Vamos que vamos, minha gente!

O tempo é uma roda que gira de acordo com o ânimo do viajante. Para quem não conhece todos esses cenários, ele passa mais rápido. Tudo é novidade, desde folhas de desenho complexo até chifre anormal de torto em cabeça de touro selvagem. Para quem conhece essas paragens, o tempo é relógio mais lerdo que é preciso despertar, para eliminar a preguiça e criar novas coragens de seguir adiante. O tempo se insere no tempo; segundo comendo segundo, minuto engolindo minuto e as horas se descarrilhando por onde a tarde vai do mais alto e sufocante calor à brandura da tardezinha que se revela feminina, com os primeiros traços da noite esboçando-se na natureza.

— Aí, filhote de cruz-credo, já estamos quase chegando.

O velho anuncia os lugares onde devem estar os coureiros com as suas armas e embarcações. Brasilino abre os dois braços e chicoteia o animal. Os três em marcha mais rápida. Os jacarés estão expostos ao sol. Milhares de negras estátuas. Um bando de jacaré ali, outro bando lá e mais jacaré por todos os lados do mundo, de trás e de frente do Pantanal.

— Vou enjoar de tanto ver jacaré. — Pitoco faz cara ruim. — Melhor seria deixar os coureiros darem um jeito nessa bicharada mais feia que existe.

— Que toupeira, hem? — O velho Brasilino cospe de lado e despreza as palavras de Pitoco. — Vamos arrumar lugar para acampar.

A grande explosão

Todas as cinco lanchas atracadas na margem do rio têm um leve balanço de ondas apenas simuladas. Mais abaixo, as canoas. E no alto descampado estão agrupados os coureiros. Eles mantêm vigias em pontos estratégicos, atentos a todos os movimentos.

Pé-de-Banda observa cada atitude daqueles homens. Em posição mais avançada, um homem de chapéu grande faz pose de líder.

— Aquele lá, de chapéu mais largo, parece que é o chefe.

O velho coloca a mão sobre a fronte para evitar a luz do sol e confere:

— É o Januário. Esse eu conheço desde menino.

— Não é o chefe? — pergunta Pé-de-Banda.

— Deve ter virado chefe — responde Brasilino. — Capanga também faz carreira. Vamos nos preparar porque só à noite vamos fazer o serviço.

O dia corre lento para a paciência de Brasilino, Pitoco e Pé-de-Banda. Calor pantaneiro de deixar ave de bico aberto e bicho enjoado sob as sombras dos matagais.

Debaixo de uma grande árvore aqueles três se instalam. Em distância propícia para uma fuga garantida. Os cavalos permanecem arreados e amarrados, a largo, com espaço para pastar.

O vermelho do crepúsculo anuncia o início da noite. As nuvens tornam-se cinzentas e do espaço celestial brotam estrelas. A lua começa a sua rota minguante.

Brasilino pensa em destruir as lanchas e as canoas, para impedir que os coureiros façam corrida pelo rio para a matança de jacarés. O importante é saber o momento adequado, já que os coureiros certamente agirão nesta noite. No cair da tarde, armazenaram armas e outros equipamentos nos barcos. Puseram guardas em vigilância permanente. No acampamento, há comida e cachaça para animar o pessoal na empreitada. Matar jacaré, para coureiro, tem gosto de farra. Jacaré dá muito dinheiro. E dinheiro eles conseguem entrando pelo rio e fazendo a matança cruel.

Brasilino acha que a hora certa é essa em que os coureiros se enchem de comida e cachaça. Pé-de-Banda, ágil e rastejante, leva um longo fio de algodão até a lancha que se encontra no centro das outras.

Abre o tanque. Molha o barbante com gasolina. Em seguida, amarra a ponta no tanque de combustível e sai dali, cuidadosamente, até onde está Pitoco. Ao mesmo tempo, Brasilino solta as canoas, que descem em silêncio, pelo leito do rio.

No descampado, os coureiros continuam a comilança. Tiros no ar, para demonstrar a certeza de que são donos desta terra. Tiros de fazer tremer o velho e os dois meninos. A morte às vezes passa de raspão, desavisada.

Os três montam nos cavalos. Brasilino diz para Pé-de-Banda colocar fogo no barbante. Enquanto o risco de fogo corre pelo capim, seguindo a comprida forma de serpente, eles partem com cuidado para evitar barulho. O fogo encontra a lancha. Primeiro um estouro seco e, logo depois, a grande explosão.

— Virgem nossa! — grita o velho Brasilino, calcando as esporas no cavalo, liderando a retirada.

— Vote! O que é isso! — berra um coureiro no descampado.

Os outros estão atônitos, sem saber o que fazer diante das imensas chamas vermelhas e amarelas. A tentativa dos coureiros de apagar o fogo termina logo que se aproximam das lanchas, que explodem simultaneamente. No céu do Pantanal, a vermelhidão fogareira esquenta todos os ares e uma fumaça negra caminha enlouquecida e faz desenhos trágicos. Nos olhos dos coureiros vê-se raiva nascente, ponto de partida para a decisão de matar.

A noite está mal-iluminada com a travessia de nuvens cinzentas. Brasilino e os meninos arremessam os cavalos em forte corrida e comemoram, provocando freada de morcego, apagar de luz de vagalume e choque de mudez no coaxar da saparia.

Os coureiros pegam em armas, montam em seus cavalos e vão campear os inimigos. Por intuição, Brasilino ordena marcha ainda mais rápida. Ao contornar uma pequena mata, para fazer frente aos companheiros, Pé-de-Banda penetra em uma baixada estranha. Busca o caminho de volta, cavalga em direção de Brasilino e Pitoco, mas aí não vê sombra, não vê vulto, não vê nenhum sinal dos companheiros. Perde-se. Não sabe onde é norte ou sul. Não percebe mais os cavaleiros em fuga pela noite pantaneira.

— Cadê o Pé-de-Banda?

— Não está junto da gente?

Pitoco tenta enxergar na fraca luminosidade da noite.

— Ele passou na minha frente mas de repente sumiu — diz o menino.

Brasilino determina:

— Vamos ter que achar esse moleque. Como pode ter sumido assim?

— Será que os coureiros pegaram o Pé-de-Banda? — pressente Pitoco.

— Pode ser, pode não ser, não sei...
— Ele pode ter se perdido, né?
— Pode ser, pode ser...

Pitoco e Brasilino resolvem então procurar Pé-de-Banda. Arriscam-se pelas bacias pantaneiras, nas locas, nos atoleiros, por onde o Pantanal cria formas assombradas de espantalhos. Consomem o tempo nesta aventura de busca por rasteiras escuridões. Nem que gritassem pelos vazios da noite uma resposta, um eco ouviriam. Pensam em desistir. Mas como deixar nas mãos dos bandidos o companheiro de turma?

Pé-de-Banda se perde em todas as direções. "Eu tenho que chegar a algum lugar. Mesmo que não encontre Pitoco e Brasilino, preciso achar alguma fazenda, algum lugar onde eu possa me orientar." Mas o cavalo de Pé-de-Banda está nervoso e arisco, parece imaginar bote de jararaca.

Quatro coureiros, sob as ordens de Januário, devastam o Pantanal numa investida aterradora contra inimigos invisíveis. Januário quer a caça viva em suas mãos rígidas de ódio. Os coureiros se dividem em dois grupos e partem com as carabinas, destilando veneno pela boca e visões de tal rapina a constranger agulha e punhal.

Duca e Ramiro vão para a esquerda. Índio e Mateus tomam a direção do grande rio. O Pantanal é morada de centenas de fantasmas. Algo que se mexe ali — candango medroso — espanta coureiro como bala que assobia cacarejante. Ventania que sacode louro-branco resulta em temores de murro que achata nariz vagabundeante por essas luzes naturais que a noite oferece.

Pé-de-Banda anda por muitos nadas. Nuvens anunciam chuva e encobrem a noite com um negro mais profundo. Andar a esmo porque não há como desfiar um rumo, qualquer rumo que acene com alguma possibilidade de coisa conhecida.

Igualmente, Pitoco e Brasilino viajam por pistas nunca vistas, até que ouvem trotar de cavalos.

— Escuta, estou ouvindo cavalos. Pode ser Pé-de-Banda.

Pitoco aguça os ouvidos.

— Vem de lá!

— Vamos que vamos!

O velho e o menino desandam a correr com seus cavalos. Vêem um cavaleiro como que à procura de algo perdido. Quando surge o outro é tarde para fugir. Índio e Mateus. Mal têm tempo para se esconder numa pequena mata para a troca de tiros.

Tiros. Tiros zumbem, zunem pelos reinos do Pantanal. Jacaré entra no rio, afunda em poça, igarapé. O confronto chama a atenção de Duca e Ramiro. E também de Pé-de-Banda.

Na escuridão

As balas cruzam o Pantanal como estrelas de fogo. Pitoco tem as mãos muito fracas para atirar com qualquer arma. É mais um incentivador de Brasilino, que maneja bem o gatilho. Índio e Mateus descarregam as armas com força brutal. Querem fazer peneira de Pitoco e Brasilino. No tiroteio, no entanto, é Brasilino quem acerta o braço esquerdo de Índio e tira-o de combate. Mateus passa então a temer a pontaria e a eficiência do inimigo. As suas balas vão acabando e ele arranja meios de fugir, guiando o Índio cego de dor e medo.

Pé-de-Banda se aproxima do local onde houve o combate. Ao ver dois cavaleiros, acena e grita:

— Aqui, aqui, estou aqui!

Pé-de-Banda é cercado por Duca e Ramiro. Quando desconfunde a vista, vendo Duca na cara de Pitoco e Ramiro na cara de Brasilino, tenta mas não consegue mais fugir.

— Você, hem, moleque safado!

Pé-de-Banda não enrola a língua. É rápido na palavra:

— Ouvi um tiroteio danado. Daí que fiquei com medo. Pensei que vocês pudessem me ajudar...

Duca não cai na lábia fácil do menino:

— Quero ver você desenrolar essa conversa na frente do chefe Januário.

Ramiro dá novas ordens:
— Segura esse menino e vamos ajudar Índio e Mateus.
Quando os três chegam ao local do tiroteio, tiroteio não há mais. Por uns momentos, o silêncio invade o Pantanal. Nem sinimbu arrisca uma corrida, ainda que miúda. Então, ouvem os gemidos de Índio e os resmungos de Mateus.
— É você, Índio?
— Sou eu mesmo, ora, claro que sou eu!
— O que aconteceu?
— Meu braço esquerdo virou um bagaço. Nunca vi dor mais dolorida.
Mateus apresenta explicações para convencer os companheiros:
— A turma deles é forte demais. Que povo brabo, virgem santa!
Índio capricha no exagero:
— Era gente demais, Ramiro, gente demais. Uns dez ou quinze ou mais; tudo com armas das mais pesadonas. Nunca troquei tanto tiro!
Duca arregala os olhos, admirado:
— Mas de onde veio esse povo todo?
De onde veio esse povo todo? Ora, Pé-de-Banda tem que se segurar para não rir, mas recheia as mentiras de Índio e Mateus:
— Eu vi mesmo uma tropa enorme passando mais cedo por aqueles lados. Fiquei com medo e me escondi.
Duca desconfia de Pé-de-Banda. Fecha a cara. Não responde. Não comenta. Ramiro amarra no seu cavalo as rédeas do cavalo de Pé-de-Banda. Índio mal se ajeita na sela e o grupo vai relatar os acontecimentos para o chefe Januário.
Enquanto isso, Brasilino e Pitoco se distanciam dali. O velho está meio atordoado:
— O melhor é a gente descobrir um lugar para passar o resto da noite. Depois damos um jeito de achar esse safadinho nem que seja nos quintos do Pantanal.
Os dois esporam seus cavalos, que vão cortando o espaço horizontal daquela terra úmida de água e sangue.

Um chefe muito bravo

— É esse fiapo aí o terrorista que explodiu as lanchas?

Januário aumenta as rugas da testa e esfrega as mãos resignado.

— Eu não sabia que era chefe de um bando de borra-botas. — Januário mostra todos os dentes e ri desbragadamente, não acreditando naquela cena que se espelha à sua frente.

— Eu explico, chefe, tem a ver com o menino; pode ser ele, pode ser... — Duca apela de Ramiro, Índio e Mateus uma concordância. E a concordância não aparece naquelas três caras de tacho.

— E onde está o resto do bando? — cobra Januário.

Qual boca se abre para relatar ao chefe o fato mais que verdadeiro?

— O menino, chefe, o menino...

— Quer dizer que esse magrelo, desse tamaninho, iria fazer um estrago daqueles?

— Quer dizer, chefe...

— Quer dizer, uma pinoia! Vão chupar prego, cambada de incompetentes!

Pé-de-Banda pula na frente de Januário e desata argumentação:

— Eu tentei falar pra eles que havia me perdido, que só queria voltar pra casa, que não sei de nada dessa história de lancha...

A raiva invade ainda mais o rosto vermelho de Januário:

— Explica aí como é que esse pirralho iria arranjar coragem para explodir cinco lanchas de uma vez?

Duca gagueja. Duca arqueja. Duca arrota. Duca tosse. Duca solta o vozeirão:

— Tem a ver, chefe, encontramos com ele onde o Índio e o Mateus trocavam tiros com os inimigos.

Pé-de-Banda enche linguiça:

— Eu fui pra lá porque estava perdido. Eu nem sabia direito o que estava acontecendo...

Januário afia o raciocínio:

— A conversa do menino tem mais jeito que a desse pesteado!

Duca não se conforma:

— Tem a ver, chefe, não deixa o menino sair fora que ele tem a ver com tudo isso. É só questão de tempo pra provar.

Januário pensa no que vai fazer com Pé-de-Banda. Cruza as mãos. Tira o chapéu. Põe o chapéu. Medita no centro das barracas de lonas armadas no descampado. As suas botas vão fincando o barro em rastros fundos e pesados.

— Tranca o pivete numa das barracas. A outra lancha deve chegar amanhã. Até lá eu desato a razão.

Um coureiro joga Pé-de-Banda dentro de uma daquelas barracas.

— Escuridão total. Nem quando os olhos tentam se acostumar à negritude, Pé-de-Banda consegue ver qualquer objeto. Com as mãos, acha um pequeno cobertor, sujo e fedido, e arruma jeito de pegar no sono.

Que pesadelo!

Não tem jeito. Tudo é muito escuro para Pé-de-Banda se tranquilizar. A ansiedade torna o menino inquieto na prisão. O ar é quente e viciado. Pé-de-Banda agora tem o corpo todo suado como que doente de febre.

Febre? A temperatura parece alterada e o raciocínio não se encaixa em pensamentos limpos e ordenados. Tudo é uma grande confusão na cabeça do menino, que entra em universos de delírios. Ou será que Pé-de-Banda apenas dorme em agonia, dominado por um forte pesadelo?

Imagens. Nuvens de gafanhotos invadem o Pantanal. Imagens. Milhões de olhos e dentes ameaçadores. Imagens. Pé-de-Banda está se afogando no rio. É perseguido por centenas de jacarés. Piranhas saem de todos os buracos do rio para devorar a carne do menino. Os jacarés e as piranhas rasgam pernas, braços, pés, todo o seu corpo, enquanto Pé-de-Banda grita por socorro. Não há socorro. Saracuras, capivaras, jaguatiricas, socós, inhambus, todos querem Pé-de-Banda morto, destrinchados todos os seus ossos; veias abertas, coração rasgado, mil dentes famintos.

Pé-de-Banda tenta voltar a si. Procura com as mãos alguma coisa de real. Real, palpável ainda está o seu corpo que, na verdade, não foi atacado por nenhum bicho. Se pudesse sair dali correndo, se pudesse estar na cidade com as garantias da vida urbana nesta noite tão cheia de loucuras! Pé-de-Banda é passarinho preso em gaiola e não há qualquer pessoa que possa lhe abrir a porta para que reencontre a liberdade.

De repente, Pé-de-Banda se irrita com os jacarés. A raiva se transforma em ira e ira vira ódio e ódio transborda no rosto do menino. Ele se vê com uma metralhadora percorrendo o Pantanal, atacando todos os jacarés. Jacarés agonizantes, jacarés em sangue e de sangue o Pantanal é inundado. Visualiza o céu e, em saga assassina, Pé-de-Banda descarrega a arma em bando de tuiuiús, garças, marrecos e biguás. Montando em um cavalo de ferro, joga bombas e granadas, que explodem cervos, antas, suçuaranas. Glorificado em sangue, o menino entra em áreas sombrias do Pantanal, como se quisesse se esconder de todos os espelhos para não enfrentar as suas negras expressões.

Febre? Os cabelos estão banhados de suor. O coração bate descompassado, os dentes também batem aos calafrios e repuxos do corpo. Abre-se um abismo e nele Pé-de-Banda vai caindo sem poder se apoiar em qualquer coisa, sem conseguir fugir dos seus delírios. Milhares de rostos, bruxas, serpentes, demônios invadem o túnel de infinita loucura. Pé-de-Banda vê a cara da morte e gritos de terror tomam posse do seu espírito indefeso. Não há voz que saia de sua garganta. Está preso dentro de si.

Os dedos, as unhas arranham a terra e Pé-de-Banda percebe que não fora ainda levado daquela barraca escura. Procura se levantar, mas não tem forças. As mãos estão impregnadas de terra.

Rifles apontam para sua cabeça. Os coureiros, milhares de coureiros. A outra imagem que surge é de sangue derramado pelos rios e igarapés do Pantanal. Este sangue vira fogo e fogo devasta o Pantanal em viajantes redemoinhos de onde não escapa nenhum animal. Vermelho é todo cenário, além da macabra festa de coureiros comemorando a morte de toda a região. Montados em esqueletos de animais em chamas, os coureiros saúdam a morte com carabinas e granadas no Pantanal, agora desertificado e com uma paisagem de cinzas.

Sede. Muita sede. Pé-de-Banda precisa de água. Rola o corpo pela barraca e encontra uma bilha. Depois de saciada a sede, deixa a água cair pelo corpo. Alívio. Tudo se torna mais calmo. Abre os olhos. Ainda não enxerga nada. Mas sabe que está em terra firme, dentro de uma barraca, prisioneiro dos coureiros.

Fala de coureiro

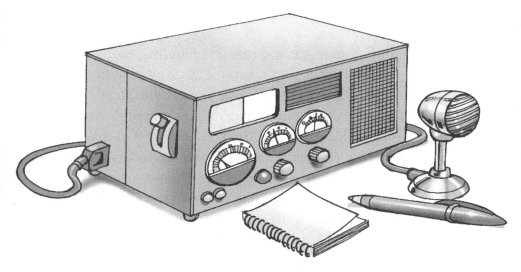

Abrem a porta da barraca e Pé-de-Banda sai, esfregando os olhos, como acorda gato preguiçoso.

— Anda, menino, o chefe quer falar com você.

Agora, acostumado à luz do dia, Pé-de-Banda pode ver com nitidez o acampamento dos coureiros. São mais de dez barracas armadas em semicírculo. Os coureiros continuam a postos como um exército em combate.

Pé-de-Banda é levado pelo jagunço até a barraca de Januário que, de um radioamador, comunica-se com outra pessoa do seu grupo.

— Então, quando é que a lancha vai chegar? Está me ouvindo? Câmbio.

Entre ruídos, Januário esforça-se para ouvir uma voz feminina que tenta lhe passar a mensagem.

— Quando? Amanhã? Hã, hem... já está vindo? Deve estar chegando? Tudo bem... câmbio, câmbio.

Januário levanta-se da cadeira e se defronta com Pé-de-Banda e o coureiro. Januário se dirige ao coureiro:

— Manda alguém para a beira do rio que a nossa lancha já deve estar chegando.

— Certo, chefe. O menino taí.

Januário observa Pé-de-Banda, fraco mas arisco, enquanto o coureiro sai. Manda o menino sentar num dos banquinhos de madeira dispostos por ali.

— Então, você é dessa turma de ecologistas que gosta de atrapalhar a gente a ganhar a vida, hem?

— Hã, nem sei o que é *corogista*!

— Não é *corogista*, bocó, é e – co – lo – gis – ta!

— Pois, então, eu nem sei o que é isso...

Januário percebe a falta de informação de Pé-de-Banda.

— Ecologistas são aqueles rapazinhos frescos, um bando de frangotes que acha tudo muito bonito, mas não pegam no pesado, não sabem o que é dureza.

— Esse pessoal é daqui mesmo do Pantanal? — pergunta Pé-de-Banda.

— Ora, moleque, você é bobo ou está me fazendo de trouxa? Não é, não. Tudo de cidade grande. Tudo branquelo e de barbichinha. Nem sabem o que é mato; mas ficam por aí mascando goma em defesa da natureza. Política, menino, como é mesmo o seu nome?

— Pé-de-Banda.

— Que nome ridículo! Mas, como eu ia dizendo, é tudo politicagem. Esquema pra ganhar eleição.

— Quando é que vai ter eleição aqui no Pantanal?

— Aqui no Pantanal não tem eleição, ó anta. Eleição tem é na capital. Ecologista vem aqui só pra fazer onda...

— Se jacaré votasse...

— O que você quiz dizer com isso?

— Nada. Pensei uma besteira — responde Pé-de-Banda.

— Pois, então, vamos entrar na sua besteira. Se jacaré votasse, eles perderiam a eleição, porque estou acabando com a raça desses bichos nojentos aqui nesse mundão!

— Você gosta mesmo de matar jacaré? — fica curioso Pé-de-Banda.

— Não é gostar, nem desgostar... — Januário faz uma pausa. — O negócio é precisão; é matar a bicharada para levantar dinheiro, rapaz. Sabe o que é dólar? Preciso levantar grana pra viver, entendeu?

— Mas tem outras profissões...

— Até que você não é bobo de tudo, hem? E daí, você tem alguma profissão?

— Sou engraxate.

— Grande coisa! E onde é mesmo que você atende a sua freguesia? Ou tem lustrado unha de caititu?

— Eu vim aqui ao Pantanal visitar um parente meu...

— Parente? Que parente? — desconfia Januário.

— Um parente longe, o Brasilino.

— O Brasilino? Aquele velho cagão?

Pé-de-Banda se cala.

— Não sei, não, menino, ando meio desconfiado de você. Ser parente do Brasilino não é boa coisa, não.

— É mesmo?

— É. Todo mundo aqui está querendo ver a sua caveira. Eu vou te segurar até ter certeza de que nada tem a ver com a explosão das lanchas.

— Eu não sei nada de lancha; o senhor podia era me liberar, né?

— Agora, não. Não estou com pressa. Vou te deixar solto no meio da rapaziada. Não trisca que está cheio de olho gordo para te meter bala, entendido?

— Eu vou ficar aqui até quando?

— Ah! Isso é da minha conta!

Pé-de-Banda sai da barraca como frango despedo. Ainda que torto e zonzo, readquire o equilíbrio para pisar o chão do Pantanal.

Uma pulga

Biguatinga mergulha. Maguaris ganham o céu. Lontra se oculta entre troncos. Maritacas fazem algazarra nos pés de mulateiras. Junto com voo de gavião, vem ruído de motor transpondo a curva do rio.

Alguns coureiros vão para o rio. A lancha azul e branca ancora na margem, majestosa.

— Essa não é pra qualquer um, hem, chefe?

Januário admira, orgulhoso, a lancha ainda arredia no cais improvisado.

— É de primeira, Ramiro. Gastei uma nota para adquirir esse equipamento.

Tiziu, preto de *alumiá*, salta malandro e maneiro da lancha com seu riso largo e branco:

— Taí a bichona, chefe, inteirinha!

— Eh, Tiziu, cuidado com a dama! Ela custou dinheiro!

Tiziu recorre aos céus:

— A lancha está uma beleza. Anda mais que avião, chefe!

Januário coça a barriga, satisfeito. Dá um tapinha nas costas de Tiziu e toma o caminho do acampamento. Os coureiros ficam admirando as formas e os contornos da lancha.

— Até o volante é invocado.

Pé-de-Banda acompanha tudo de perto. Januário se reúne com o pessoal no centro do acampamento.

As ordens são bem claras:

— Você, Tiziu, junto com o Ramiro e o Mateus, vai com a lancha pelo rio para recolher as canoas.

— Eu vi umas canoas soltas pelo rio. É só ir e catar — informa o Tiziu.

— Pois muito bem. Outra turma vai preparar as armas e pegar os cavalos.

— Só isso, chefe? — pergunta Trimestrino, formigando no afã de agir.

— Não é só isso, não. Tem mais. Outra turma vai averiguar pela redondeza se tem rastro daqueles bandalheiros que acertaram o Índio.

— Só isso, chefe? — pergunta Prequeté, trincando de vontade de dar uns tiros.

— Ah, não! É importante sapear onde debruça a jacarezada, pra gente completar o serviço logo.

— Só isso, chefe? — pergunta Zé Bocudo, estufando o peito de desejo de aprontar.

— Chega, cambada, por enquanto é só — diz Januário, percebendo a presença de Pé-de-Banda. — Opa que não! Que esse moleque vá chupar coquinho e catar chico-magro.

Os coureiros caem na gargalhada. Pé-de-Banda é quase uma pulga no meio da zombaria.

Ramiro e Mateus sobem na lancha que vai pelo rio pilotada por Tiziu. Alguns coureiros entram pelo mato em busca de cavalos. No acampamento, o movimento de armas que são carregadas, esporas que são ajustadas nas botas manchadas de barro; passos urgentes e apressados cumprindo tarefas.

"Onde estão Pitoco e Brasilino?", pensa Pé-de-Banda, olhando pelas frestas dos matagais, entre novateiros e embaúbas. Nem sinal.

As aves, sim, continuam seu bailado singelo pelo ar. Um tatu-canastra abrindo passagem pelo mato; patos e andorinhas em viagem por mares celestiais.

É guerra!

Que zoeira é essa de fazer macaco quebrar galho e levar tombo até o chão? Piranhas, pintados e pacus mergulham para as cavernas mais profundas do rio.

— A lancha do chefe vai ao fim do mundo!

Tiziu abraça o Pantanal. O seu corpo dança, volteia e o pretinho retoma o volante. Em pouco tempo, a lancha está devidamente ancorada, com cinco canoas, uma atada à outra, fazendo uma longa fila no meio do rio.

— Até parece procissão de canoa — comenta o Duca.

Soltando fumaça do seu cigarro de palha, o chefe dos coureiros confere tudo. Satisfeito com o trabalho, resolve oferecer uma rodada de pinga aos companheiros.

Os coureiros vibram com a ideia. Abrem duas garrafas, enchem os copos, que são consumidos em um único gole. As caretas provocadas pela aguardência da pinga não intimidam os homens. Repetem a dose, que agora desce macio, pois a segunda tem melhor sabor e não agride o organismo.

Enquanto os coureiros bebem, Pé-de-Banda anda vadio pelo acampamento até chegar à barraca de Januário. O radioamador. Pensa em ligar o aparelho, chamar por alguém em algum lugar.

— Sai daí, menino, sai daí!

A ordem e a expressão de Januário não demonstram simpatia. O perigo ronda mais perto do que se imagina. Pé-de-Banda obedece e nem faz gracinha. Pressente que pode aumentar o ódio de Januário, mais quente e alterado com as doses de cachaça. Escapa, rasteiro, e vai procurar um canto para se coçar.

No centro do acampamento, os homens continuam bebendo. Gritos quebram a calmaria do ambiente:

— Vem gente chegando aí!

Os coureiros se entreolham em falta de entendimento rápido e lúcido. Preguinho alvoroça o acampamento com a notícia:

— Vem gente vindo aí!

Os jagunços se colocam de pé, pegam nas armas para se prevenir contra maiores surpresas.

De árvores e moitas pantaneiras, surgem Brasilino e Pitoco. Entram com seus cavalos no acampamento. Pitoco não consegue nem falar de tanto medo. Mas Brasilino não demora nada para convocar o chefe dos coureiros:

— Cadê aquela praga do Januário?

As palavras do velho não agradam aos jagunços, que já estão prontos para atirar. Januário se aproxima calmamente:

— Então, Brasilino, resolveu aparecer para pagar os prejuízos que você me deu?

— Desconfia, Januário, eu vim aqui buscar o menino. Você, Januário, um marmanjão desse tamanho, prendendo menino, que vergonha!

— Não enche a paciência, Brasilino, que eu faço você virar peneira.

— Melhor é você me entregar o menino!

— Nós temos contas a acertar, não é, Brasilino? Estou até pensando em fazer um escaldado de velho!

— Assim, assim, não vai ser fácil, Januário!

— Olha pros lados e vê com quem está a vantagem!
Brasilino não demonstra medo:
— Com esse bando de jagunços, é claro que a vantagem é sua. Quero ver é a coisa ser resolvida homem a homem. Eu e você, Januário!
Januário cai na risada. A jagunçada também faz coro de risos debochados. E Januário vai em frente:
— Você, Brasilino, desse tamaninho, raquítico, pesteado, está querendo me enfrentar? Conta outra, Brasilino!
— Manda ele escolher as armas, chefe! — Tiziu se intromete com a sua opinião.
Januário acha o palpite do pretinho interessante:
— Então, Brasilino, como é que vai ser a briga: a tiro, a faca, a muque ou no palitinho?
A jagunçada acha tudo aquilo uma boa piada e alguns procuram bancos para assistir melhor o desafio. Pé-de-Banda e Pitoco estão apreensivos. Brasilino então responde:
— Ora, Januário, a tiro eu te arranco os olhos...
— Ah, Brasilino, conta mais uma — Januário acha graça na fala de Brasilino.
— A faca, eu furo as suas tripas...
— Até parece que esse velho está querendo virar gente — Januário fala com ironia.
— A muque, eu te amasso inteiro e no palitinho pode ser que você tenha um pouco de sorte...
— Mas que coragem... — debocha Januário.
— Eu quero ir além — diz ainda Brasilino.
— Você está ficando corajoso, velho cagão, até me admira. Diz aí: até onde vai esse seu além?
— Esse além bate direto e fundo na sua ignorância, Januário. O meu desafio passa por aí.
— Baixa o topete, você não passa de uma topeira fantasiada de velho.
— Então vou te fazer apenas algumas perguntinhas.
— Ora veja, umas perguntinhas! Vai, Brasilino, faça todas as perguntas que quiser.

Januário incha-se de satisfação, principalmente ao perceber o quanto os jagunços o admiram e até estão prontos a aplaudi-lo.

Brasilino faz uma pausa. Pitoco se junta a Pé-de-Banda. Os coureiros fazem uma espécie de arquibancada. Os dois rivais estão no centro do acampamento. Brasilino dispara:

— Januário, o que é *Tapirus terrestris*?

— O quê? Januário não acredita no que está ouvindo.

— *Ta-pi-rus ter-res-tris*. É isso aí.

"O que quer dizer?", pensa Januário, percebendo que não pode decepcionar a plateia de coureiros que aguarda uma resposta inteligente do chefe. Januário então chuta na resposta:

— Não seria, Brasilino, por acaso uma coisa assim por exemplo meio escalafobética?

Os coureiros vibram e aplaudem:

— Muito bem, chefe, muito bem!

Brasilino desbanca o bandido:

— Este é o verdadeiro nome da anta, com quem você se parece muito, Januário, devido à sua burrice.

Os coureiros se calam ao ver o chefe humilhado. O estopim de Januário fica mais curto e dá circuito:

— Isso não vale, Brasilino, você está inventando coisas...

— Não estou inventando nada. Você me deu a escolha das armas. Então vai mais uma: o que é *Crotalus terrificus*?

Januário fica mudo de besta e olha para o céu como que pedindo ajuda. Já se vê até jagunço com risinho na boca não se aguentando com a ignorância do chefe. Januário não foge à luta:

— Seria assim, de fato, podemos dizer uma mistura de lobisomem com mula sem cabeça?

Dos coureiros, apenas Tiziu tem algumas palmas de incentivo para o chefe Januário:

— Que grandeza, chefe, é inteligência demais! Muito bem, Januário!

— Não fala besteira, crioulo — diz Brasilino. — *Crotalus terrificus* é o nome da cascavel que tem a mesma ruindade desse jagunço Januário.

Pé-de-Banda e Pitoco aplaudem Brasilino. A jagunçada está amuada. Januário se remói por dentro. Brasilino manda bala:
— Mais uma, Januário. O que significa *Tupinambis teguixim*?
— É melhor parar com essa bobajada, Brasilino. Estou cheio de suas gracinhas.
— Isso é porque você não sabe que *Tupinambis teguixim* é o nome do tiú, que é tapado que nem você!
Os meninos sorriem e dão a maior força para Brasilino:
— Vai em frente, Brasilino, você está demais!
Os jagunços não resistem e soltam uns risinhos tímidos. Januário vira onça:
— Quem rir de mim, eu mato!
Os jagunços se calam. Até insinuam umas palmas mixurucas. Tiziu, muito saliente, dá corda para o chefe:
— Chefe que é chefe tem que ser macho.
Brasilino volta-se para o pretinho e desafia:
— Você que vive enrabichado no Januário, me responde então: o que é *Nistalus chacuru*?
Tiziu tem uma enorme interrogação na cabeça:
— Ora, ora, ora, é só um inhambu com cara de inhame...
— Santa ignorância — fala Brasilino. — *Nistalus chacuru* é o joão-bobo, que tem a sua cara, já que é o bobo da corte.
Pé-de-Banda, Pitoco e os jagunços não seguram as gargalhadas. E até um coureiro arrisca um palpite:
— Vai mexer onde não é chamado, engole sapo.
Tiziu fica branco de raiva:
— Qual foi o trouxa que falou tanta besteira?
Os jagunços não gostam. Jerimum mete bronca:
— Não amola, pretinho sem-vergonha.
O bate-boca entre os coureiros começa e vai aumentado, aumentando até que Tiziu joga perna de capoeira e sai no tapa. Confusão dos diabos. Quem pretende apartar a briga acaba levando pescoção. Duca dá pé na bunda de Preguinho, que acerta a orelha de Piau, que atinge a cara de João Peru, que dá uma rasteira em Jaboti, que arranca os cabelos de Nego Absurdo,

que entorta o nariz de Zé Pinoia. Os jagunços encaram um briga feia. Brasilino aproveita para fazer uma terrível ameaça:
— Queixada! Queixada!
— Queixada? Onde é que tem queixada, meu Deus do céu?
Para alguns coureiros a luta continua. É sangue fervendo demais. Mas outros só querem subir em cambará para fugir dos dentes afiados das queixadas.

Brasilino, Pitoco e Pé-de-Banda correm para a lancha. Januário ainda tenta impedir a fuga, descarregando o seu revólver naquela direção. Bala que zumbe no ouvido. Bala que cisca bem junto da vista. E lá está a lancha no seu leito de princesa. Em segundos, os três pulam lá dentro.

O volante. A chave. Pé-de-Banda liga o motor e a lancha sai arrancando amarras, com a fila de canoas pelo rio afora. Deixam para trás os coureiros em destravada guerra de sopapos.

Da margem do rio, Januário ainda consegue arrancar o chapéu de Brasilino, com um tiro. Mas a lancha agora é peixe que se mescla com as ondas; é garça que se confunde com a branquidão das nuvens.

Lancha voadora

Tudo que cantares será santificado, Pantanal. Santuário. A lancha voadora deixa um rastro branco e líquido sobre o rio. Capivaras avançam pela imensidão. Tudo que manifesta tem sonoridade de vitória: canto de grilo, cigarra, sapo e rolinha. Movimento. Pé-de-Banda no espelho verde da natureza para quem o vento só tem carícia. E borboletas em suave bater de asas a desvendar os mistérios coloridos das flores pantaneiras. Movimento. Que eles precisam deixar amarradas, em pau de ipê, as canoas. Que os coureiros gastem dias de trabalheira para encontrar essas canoas. Beija-flor que beija pólen, azulão que faz ciranda, mico e suas macaquices.

Porco-do-mato fuça lamaçal. Lancha tira fininho em garça real. Movimento de nuvens seguindo a rota do sol. Coruja tresnoitada voando de dia? Ouriço que espinha; pescador, o martim; comandante, o menino inventor de caminhos. Comandante, esse menino no sabor de ver uma cabana de palha erguida em trajes pantaneiros.

As longas barbas grisalhas não escondem o riso de Brasilino, pela volta à cabana. O rosto de Pitoco iluminado por alegria singela. Eles saltam em terra firme para graça festeira de Duque e Vulcão.

— Vencemos a guerra, Brasilino!

Brasilino nada fala.

— Vencemos mesmo, Brasilino. Os coureiros devem estar até agora sem saber direito o que aconteceu. Vão ficar por muito tempo procurando aquelas canoas.

— Essa guerra não acaba, menino. A gente precisa se prevenir, porque é bem capaz de logo tudo isso aqui estar invadido de jagunço. — É o que diz Brasilino.

— Prevenir, como? — Não entende Pé-de-Banda.

— Vamos esconder essa canoa.

— É lancha, Brasilino, não é canoa!

— Pois vamos esconder essa máquina para evitar mais encrenca. É melhor também construir outra cabana em lugar mais seguro.

Lancha guardada debaixo de sarã. Brasilino, Pitoco e Pé-de-Banda estão na cabana em fala mansa, sem pressa. Pitoco palpita:

— Acho que agora os coureiros vão dar uma folga para os jacarés.

Brasilino não acredita:

— Coureiro não tem jeito. Logo estarão de volta, matando jacaré como sempre e de costume. É uma guerra sem fim!

— Mas eles não ficaram na pior?

— Dessa vez, mas existem outros bandos que chegarão para fazer a mesma matança.

— Nessa, pelo menos, eles saíram perdendo — diz Pé-de-Banda.

— Perdendo e muito — acrescenta Pitoco.

Brasilino agora se ocupa com pequenas coisas. Os meninos estão deitados em sombra de mangueira olhando um carão, um socó, pé de pequi, cipozal. Preguiça solta até nas raízes do corpo. Mas Pé-de-Banda ativa a sua curiosidade:

— Onde foi que você arranjou aqueles nomes tão estranhos para desbancar o Januário?

— Conhecimento, Pé-de-Banda. Não te falei que sei tudo sobre esse Pantanal?

— Aquilo foi tudo inventado, não é, Brasilino? — pergunta Pitoco.

— Inventado, nada — explica Brasilino. — Quem me ensinou aqueles nomes foi um alemão que passou uns dias aqui comigo na cabana. Ele era um estudioso. Para cada bicho, pé de planta, para cada flor e peixe, ele dizia um daqueles nomes enrolados. Tudo muito científico. E eu fui aprendendo tudo com ele.

A explicação satisfaz aos meninos. É tardezinha e o mundo gira em doce rotação. Um casal de mutuns pousa no quintal. Os meninos ficam em silêncio para não espantar os mutuns que se divertem com verme, minhoca, besouro. A mangueira é uma cama de sossegado prazer.

— Sabe o que eu estava pensando, Pitoco?

— Eu não sei, não sou adivinho, Pé-de-Banda!

— Estou pensando que está na hora de a gente se mandar.

Pitoco fica surpreso. Havia se esquecido de que um dia teria que partir. Na mente, uma dúvida:

— Será que temos mesmo que ir embora?

Pensamento de Pé-de-Banda anda solto por aí. Brasilino nada tem a dizer, porque sobre certas coisas o correto é manter silêncio.

Para Pé-de-Banda tudo é líquida claridade:

— Pitoco, minha vontade é de ir. Você pensa, porque amanhã eu vou embora.

Pitoco não tem muito o que falar no momento, se vai ou não deixar aquele lugar. Vê que cervos e siriemas caminham pelo Pantanal. Vê que outra noite se anuncia. Vê que o coração bate em descompasso. Vê que a soneira virá em poucas horas e que talvez algum sonho venha dizer sobre o dia de amanhã.

Novos caminhos

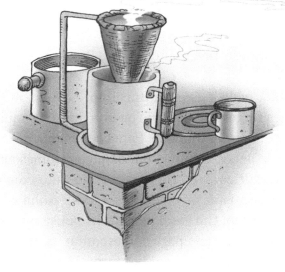

Cheiro de café invade a cabana. Café coado por Brasilino, que varre cozinha, lava panela, chuta cachorro e fuma cigarro de palha. Pé-de-Banda sai da cama. Lava a cara com água de bacia para espantar o resto de sono. Pé-de-Banda quer o sol, nova vida, para ver as japuíras em algazarra de ninhos e filhotes cheios de fome.

Sombras verdes do quintal de onde Pitoco sai, levantado mais cedo, banhado de rio e frio que vento sopra na pele molhada. Boca de fumaça, Brasilino quase que poetiza:

— Essa japuíra é mesmo um passarinho bonito!

Japuíra de chegar e de partir. Pé-de-Banda lembra ser preciso ir ao esconderijo trazer a lancha até a cabana. Pitoco quer também dar umas voltas e satisfazer a vontade de guiar.

Pelo rio, a nado, porque a água só carrega o corpo que deslancha sem esforço. Mergulhar e buscar o espírito do rio; entregar as mãos vadias à luz do Pantanal. A lancha está bem aconchegada. Quando Pé-de-Banda faz que vai entrar ali, leva um susto:

— Nossa, que monstruosidade!

Pé-de-Banda afasta Pitoco. Procura uma pedra e joga-a com

força dentro da lancha. De lá, vai saindo, preguiçosa e sonolenta, uma grande sucuri. Os seus movimentos fazem a embarcação tombar para um lado. A enorme serpente vai, devagar, para dento do rio. Na superfície da água, mais parece um grande tronco úmido e enegrecido. Atravessa o rio e desaparece na outra margem.

Os meninos ficam alguns momentos em silêncio. Nada a dizer diante daquela visão ao mesmo tempo aterradora e fascinante. Depois então sobem na lancha. Pitoco liga o motor e a lancha sai desembestada e sem direção.

— Que barbeiragem, Pitoco!

Pé-de-Banda goza o amigo que, aos poucos, vai conseguindo dominar a lancha em toda a sua potência. Enquanto percorrem o rio, Pitoco se dirige a Pé-de-Banda:

— Resolvi ficar com o Brasilino.

— Hã?!

— É isso mesmo. Não quero voltar para a cidade. Não tenho pai nem mãe. Brasilino fica sendo meu guia e professor no Pantanal.

— Você está falando sério? — pergunta Pé-de-Banda.

— Claro que é sério. Peguei gosto pelos bichos, pelo rio, por tudo quanto é árvore, céu e natureza que existem por aqui.

— Pantaneiro troncho, hem?

— Pantaneiro! — Uma risada e Pitoco empina a lancha como se ela fosse um cavalo indomável.

Logo estão na cabana de Brasilino. Lancha devidamente estacionada pelo Pitoco aprendiz.

— Tem comida para os dois não morrerem de fome no caminho. — Brasilino mostra o embornal pesado de mantimentos.

— Tá legal, Brasilino, eu como por dois — diz Pé-de-Banda —, porque o Pitoco vai ficar.

— Eh, menino! Vai virar bicho que nem eu no Pantanal!

Pé-de-Banda pouco mais tem que levar e nem gosta muito de despedida. Apenas é preciso dar um abraço, um adeus, para que a lancha corra livre pelas águas do rio.

História para contar

— Onde você deixou a lancha? — pergunta a mãe.
— Deixei em algum lugar na beira do rio — diz Pé-de-Banda, lembrando de sua passagem pela Feira do Porto quando as lavadeiras, pivetes e pescadores acompanharam a lancha correndo pelo rio.

A lancha foi realmente uma novidade e até mesmo alguns canoeiros tentaram, em vão, acompanhar a sua trajetória. Pé-de-Banda soube escapar dos olhares curiosos até encontrar um aglomerado de árvores que fazia um bom esconderijo.

Depois, Pé-de-Banda foi até o centro da cidade, pegou a sua caixa de engraxate na banca do Pixaim e agora está na cozinha de sua casa, enquanto a mãe lhe prepara um prato de mingau de fubá.

— Pensou que tivesse acontecido alguma coisa comigo?
— No início fiquei preocupada — responde a mãe —, mas depois eu descobri que você passava bem.
— Mãe... me explica isso direito...
— Eu estava no quintal quando um bando de garças pousou ali por perto. Elas me fizeram sentir que você estava bem.

Pé-de-Banda vai até a janela. Observa a cidade com os seus edifícios, viadutos, cicatrizes de concreto. Na sua rua, pela calçada, Taninha, a menina dos seus sonhos, passa com cadernos, uniformizada. "Deve estar voltando da escola", pensa Pé-de-Banda. "Qualquer hora eu a encontro na pracinha, pois eu tenho muita história para lhe contar."

Onde é infinito o horizonte, a tarde se mostra com as suas luzes azuis e vermelhas de crepúsculo. Pé-de-Banda vê um falcão em viagem, rompendo o espaço com rapidez.

O falcão tem pressa de chegar.

O autor

   Nasci em São Gotardo, uma pequena cidade do interior de Minas Gerais. Passei toda a minha infância num posto de gasolina, à beira de uma rodovia.

   A convivência com pessoas que passavam pelo posto originárias das mais diversas regiões do Brasil certamente me despertou o espírito de aventura. Daí que grande parte da minha vida fui quase um viajante. Morei em diversas cidades de estados diferentes, até que um dia cheguei a Cuiabá, em Mato Grosso.

   Lá, trabalhei durante muitos anos como repórter de viagens. Conheci lugares e pessoas bem diferentes de tudo que já tinha visto. A descoberta de uma natureza fascinante, tanto na Selva Amazônica como no Pantanal Mato-grossense, me fez despertar o desejo de contar histórias por meio da literatura.

   Foi assim que comecei a escrever meus livros. Acho que é uma maneira de mostrar para as novas gerações a riqueza e os mistérios de um país ainda muito pouco conhecido.

Guerra no Pantanal
Antônio de Pádua e Silva

Suplemento de leitura

Guerra no Pantanal, de Antônio de Pádua e Silva, se passa numa das regiões mais belas do Brasil: o Pantanal. É lá que Pé-de-Banda e Pitoco encontram o velho Brasilino para viverem, juntos, uma grande aventura. Uma aventura que também é uma guerra contra a ignorância e a ganância, atitudes que colocam em risco a sobrevivência de um dos maiores paraísos ecológicos de nosso planeta.

Em *Guerra no Pantanal*, a defesa da ecologia não é apenas um tema, mas uma realidade urgente. Vamos pensar sobre essa realidade.

> *Já publiquei 10 livros de poesia; ao publicá-los me*
> *sinto como que desonrado e fujo para o*
> *Pantanal onde sou abençoado a garças.*
> *Me procurei a vida inteira e não*
> *me achei — pelo*
> *que fui salvo.*
> *Descobri que todos os caminhos levam à ignorância.*
> *Não fui para a sarjeta porque herdei uma fazenda de*
> *gado. Os bois me recriam.*
> *Agora eu sou tão ocaso!*
> *Estou na categoria de sofrer no moral, porque só*
> *faço coisas inúteis.*
> *No meu morrer tem uma dor de árvore.*
>
> (http://www.releituras.com/manoeldebarros_autoretrato.asp)

Para saber mais sobre esse escritor brasileiro, faça uma pesquisa sobre sua vida e obra. Depois, vocês podem organizar a leitura de alguns de seus textos para toda a classe.

23. Você conhece canções que falam do Pantanal? Músicos como Almir Sater, Helena Meireles e Tetê Espíndola, entre outros, têm na paisagem pantaneira uma grande fonte de inspiração. Que tal fazer uma audição musical com uma seleção dos sons vindos do Pantanal? Converse com seus parentes, amigos, vizinhos e tente conseguir alguns CDs de canções pantaneiras. Depois, é só trazer para a classe e apreciar o som!

19. Imagine que você é Pitoco e escreva uma carta para Pé-de-Banda, contando sua vida e suas aventuras no Pantanal.

20. Agora imagine que você é um jacaré e descreva o que "sente" ou "pensa" no momento em que um coureiro se prepara para matá-lo.

Atividades complementares
•
(Sugestões para Ciências, Literatura e Música)

21. No capítulo "É guerra!", você viu que, para desafiar Januário, Brasilino usa vários nomes científicos de animais: *Tapirus terrestris* (anta), *Crotalus terrificus* (cascavel), *Tupinambis teguixim* (tiú), *Nistalus chacuru* (joão-bobo). Converse com seu professor de Ciências sobre essas denominações. Procure saber, entre outras coisas, qual é a origem desses nomes científicos, por que os seres vivos são denominados dessa forma, etc.

22. O poeta Manoel de Barros é um dos mais conhecidos autores da região pantaneira. Veja como ele se apresenta no início de seu poema "Autorretrato falado":

Venho de um Cuiabá garimpo e de ruelas entortadas.
Meu pai teve uma venda de bananas no Beco
Marinha, onde nasci.
Me criei no Pantanal de Corumbá, entre bichos do chão,
pessoas humildes, aves, árvores e rios.
Aprecio viver em lugares decadentes por gosto de estar
entre pedras e lagartos.
Fazer o desprezível ser prezado é coisa que me apraz.

Por dentro do texto

Narrador

1. Existem basicamente dois tipos de narrador: o *narrador em primeira pessoa*, que também é personagem, ou seja, que também participa da história, e o *narrador em terceira pessoa*, que apenas conta a história, não participando dela. Pensando nisso, como você classificaria o narrador de *Guerra no Pantanal*?

Espaço

2. Em determinado momento, no começo da história, o narrador nos diz qual é a cidade em que Pitoco e Pé-de-Banda vivem. Que cidade é essa?

3. Ao longo da história, percebemos que as personagens se deslocam de um lugar para outro. Em que capítulos a ação se passa nos seguintes espaços?
   a) Cidade
   b) Pantanal
   c) Cidade novamente

Personagens e enredo

4. Pé-de-Banda, Pitoco e Brasilino são nomes que refletem algumas características das personagens que nomeiam. Qual é a explicação que se dá para cada um desses nomes?

9. Até chegarem ao Pantanal, Pé-de-Banda e Pitoco não sabem o que quer dizer *coureiro*. O velho Brasilino explica-lhes, então, o que essa palavra quer dizer. Qual é a explicação?

_____
_____

10. Pé-de-Banda e Pitoco descobrem que os coureiros agem livremente no Pantanal, como se fossem os donos da região.

    a) De acordo com Brasilino, como agem os coureiros?

    _____
    _____
    _____

    b) Segundo Brasilino, por que os coureiros continuam matando impunemente os animais, apesar de isso ser proibido?

    _____

11. O velho pantaneiro, junto com os garotos, arma um plano para impedir que os coureiros matem os jacarés.

    a) Que plano é esse?

    _____
    _____
    _____

    b) Pode-se dizer que o plano foi um sucesso total?

    _____
    _____
    _____
    _____

12. O enfrentamento entre Brasilino e Januário, o líder dos coureiros, ocorre no capítulo "É guerra!". Januário propõe quatro tipos de briga: no tiro, na faca, no muque ou no palitinho. Mas, no final, a briga não ocorre por nenhum desses meios. Como se dá o duelo entre ambos?

_____
_____

13. Apesar de Brasilino, Pé-de-Banda e Pitoco terem vencido a luta contra o bando de Januário, a guerra contra os coureiros não terminou. Qual é a opinião de Brasilino a esse respeito?

_____
_____
_____

14. Pitoco resolve ficar com Brasilino no Pantanal. Quais são os motivos que o levam a tomar essa decisão?

_____
_____
_____

Linguagem

15. Preste atenção nos seguintes nomes: *arancuã, queixada, jararacuçu, tamanduá-bandeira, biguá, caninana, caititu, mutum, suçuarana, maritaca, maguari, piau, sinimbu* ou *iguana, saracura, socó, martim-pescador, cervo, pacu, tuiuiú*. Todos eles são nomes de animais do Pantanal, mencionados no livro. Faça uma pesquisa e separe-os nas seguintes categorias: aves, répteis, peixes, mamíferos. Aproveite a oportunidade para saber mais sobre cada um deles. Para realizar essa pesquisa, use dicionários, enciclopédias, livros sobre a fauna brasileira, buscadores na Internet ou outras fontes de consulta.

16. Observe este trecho: "A canoa desliza para o meio do rio. [...] Ela vira pedaço de pau, galho seco, um risco negro no meio do rio, um nada". (p. 17) Note que a canoa cada vez é comparada a algo menor: pedaço de pau, galho, risco, nada. Como você explicaria essa gradação?

_____
_____

Tempo

17. Releia o seguinte trecho, do capítulo "Cavalgada":
O tempo é uma roda que gira de acordo com o ânimo do viajante. Para quem não conhece todos esses cenários, ele passa mais rápido. Tudo é novidade, desde folhas de desenho complexo até chifre anormal de torto em cabeça de touro selvagem. Para quem conhece essas paragens, o tempo é relógio mais lerdo que é preciso despertar, para eliminar a preguiça e criar novas coragens de seguir adiante. (p. 47)

De acordo com o trecho que você leu, o tempo passa de uma maneira diferente para os garotos e para Brasilino. Por quê?

_____
_____
_____
_____

Produção de textos

18. Se você tivesse de escolher, qual destas personagens você gostaria de ser: Pitoco, que fica no Pantanal com Brasilino, ou Pé-de-Banda, que retorna à cidade? Por quê?

5. Pitoco e Pé-de-Banda chegaram ao Pantanal "por acaso". Como eles chegaram até lá? Quem foi o responsável por isso?
___
___
___

6. Bem no final do capítulo "Que maldade!", Tramela "vai embora com nenhuma raiva de Piçarra". Por que você acha que isso aconteceu?
___
___
___

7. Logo depois que Pitoco e Pé-de-Banda perceberam que estavam muito longe de casa, no Pantanal, encontraram o velho Brasilino.

   a) Os meninos acreditaram logo de cara nas histórias de Brasilino?
   ___

   b) É possível dizer que a relação entre os meninos e o velho se modificou ao longo da história?
   ___
   ___

8. No final do capítulo "O aviso da inhuma", Brasilino percebe que há alguma coisa errada no ar.

   a) O que Brasilino desconfia que há de errado?
   ___

   b) Como ele percebe que há algo errado?
   ___

Entrevista

Em *Guerra no Pantanal*, Pé-de-Banda e Pitoco encontram o velho Brasilino e, juntos, vivem uma grande aventura numa das regiões mais belas do Brasil: o Pantanal. Leia, a seguir, a entrevista com Antônio de Pádua e Silva, autor deste livro, que, muito mais que uma aventura, é uma verdadeira guerra em defesa da ecologia.

Como jornalista, você certamente fica atento aos problemas que estão presentes ao seu redor. O que o levou a ambientar uma história no Pantanal e a tratar do abate de jacarés na região pantaneira?

• O livro surgiu depois de uma viagem ao Pantanal que durou quase um mês, quando fiz uma série de reportagens sobre aquela região para um jornal de Cuiabá. Naquela viagem pude entrar em contato com a riqueza do lugar e me conscientizar de seus problemas.

O velho Brasilino parece ser inspirado em alguém que existe de verdade. Conte a história por trás da construção dessa personagem.

• Tirei Brasilino da vida real e o inseri na ficção. Conheci-o quando trabalhava numa chácara na Chapada dos Guimarães. Trata-se de um homem experiente que conhece muito do Pantanal e da região amazônica. Está sempre muito alegre e brincalhão, é um homem de bem com a vida.

Nota-se ao longo de toda a obra uma atenção especial com a linguagem: nomes de bichos, falares da região, brincadeiras com a sonoridade das palavras, etc. Como você fez para recuperar toda essa riqueza vocabular e depois transformá-la em matéria para a literatura?

- Foi por meio dos contatos que fiz durante a viagem ao Pantanal. Conheci pessoas que nasceram e viveram naquela região, e portanto desenvolveram uma linguagem e uma visão de mundo bem peculiares.

Seu livro chama a atenção para um problema ambiental muito grave. Você acredita que, ainda hoje, a matança de jacarés no Pantanal continue acontecendo na mesma escala dos anos 1970 e 1980?

- Hoje o problema ainda existe, mas não tão grave como há alguns anos. No entanto, não deve ser ignorado, porque os destruidores da natureza sempre estão prontos para agir.

Diante da perspectiva de construção de uma hidrovia, das constantes agressões ao ambiente feitas por pescadores e caçadores, mineradores e fazendeiros, como você vê o futuro do Pantanal?

- Existem os mais variados interesses pela região. Alguns estão preocupados em obter lucro a qualquer custo e outros lutam pela sua preservação. O que nos deixa otimistas é que o Ministério Público Federal tem efetivado ações que procuram manter a integridade do Pantanal.

Você crê que o título de Reserva da Biosfera Mundial, concedido pela Unesco ao Pantanal em 2000, tenha sensibilizado pessoas que costumam agredir a natureza para a preservação da região?

- Esse título é muito valioso, porque desperta a atenção de pessoas e organizações que se dispõem a defender aquela região.

Na sua opinião, é possível conciliar o delicado equilíbrio ecológico com o desenvolvimento econômico da região pantaneira?

- Isso seria o ideal. Mas não estou certo de que o homem seja capaz de promover desenvolvimento econômico sem provocar agressões.